我去钱德勒威尔
参加舞会

彭剑斌 著

上海文艺出版社

图书在版编目（CIP）数据

我去钱德勒威尔参加舞会 / 彭剑斌著 . -- 上海：上海文艺出版社，2020
（单读书系）
ISBN 978-7-5321-7810-0

Ⅰ . ①我… Ⅱ . ①彭… Ⅲ . ①短篇小说—小说集—中国—当代
Ⅳ . ① I247.7

中国版本图书馆 CIP 数据核字 (2020) 第 186645 号

发 行 人：毕　胜
责任编辑：肖海鸥　邱宇同
特约编辑：陈凌云　王家胜
书籍设计：苗　倩
内文制作：何　况　苗　倩

书 名：我去钱德勒威尔参加舞会
作 者：彭剑斌
出 版：上海世纪出版集团　上海文艺出版社
地 址：上海市绍兴路 7 号 200020
发 行：上海文艺出版社发行中心
　　　　上海市绍兴路 50 号 200020 www.ewen.co
印 刷：山东临沂新华印刷物流集团有限责任公司
开 本：1092×850mm　1/32
印 张：7.75
字 数：115 千字
印 次：2020 年 11 月第 1 版　2020 年 11 月第 1 次印刷
ISBN：978-7-5321-7810-0 / I.6200
定 价：45.00 元

告读者：如发现印装质量问题，影响阅读，请与出版社发行部门联系调换。

自 序

一

2008年,我在成都。一次逛二手书市,淘到两本旧书,一本是菲利普·罗斯的《再见,哥伦布》,一本是署名"缄斯"的译者翻译的《英美现当代诗选》。前者直接激发了"我也要写一篇恋爱题材的通俗小说"的想法,然后花四天时间顺利地写完了;后者则给了这篇小说一个标题。

那段时间,我特别迷恋塞林格式的标题。"木匠们,把房梁抬高",即来自萨福的婚礼赞歌。我也想效仿他,给我的新小说取一个具有诗歌血统的标题。冥思苦想三天,甚至翻遍好几本诗集,仍然一无所获。第四天早晨,一觉醒来,脑中突然闪过几句诗:

"堕落的儿女们，／人生对你们委实照顾——／它给你们带来恋爱的生活。"

如果必须对我小说里的人物说点什么，我很想给他们念这几句诗，告诉他们人生何其慷慨，爱情乃平凡生活中的平凡之事，不要因为一时的堕落而丢掉勇气……我清楚地记得这几句诗的出处，就是跟《再见，哥伦布》一起买回来的那本《英美现当代诗选》。我很快找到了这首诗，马斯特斯的《露辛达·玛特洛克》，第一句就击中了我："我去钱德勒威尔参加舞会"。

诗中的"我"是一名老妇人，她年轻时去参加过一次舞会，在那里找到了爱情，于是她接下来的人生，都成了这份爱情——或者说都成了这次舞会——结下的一串果实。置于诗歌开头的舞会，同时也构成了露辛达余生的第一块多米诺骨牌，往后的日子一个接一个倒下——未必是朝着堕落，但确实是朝着死亡。她的墓志铭（即这首诗）的第一句就写着"我去钱德勒威尔参加舞会"，似乎那是她人生真正的起点。

我决定用这句诗来做标题。露辛达的第一块多米诺骨牌，变成了我小说的第一块多米诺骨牌。整个叙事从一开始便被注入了源自外部（文学史）的动力。为防引起排异反应，我又在标题与小说之间做了一个小的搭桥手术，将那几句诗（当然，也出于我对它们的偏爱）变成了题记。

二

上个月，我怀着忐忑的心情拨通了一个辗转得来的手机号码。响了几声之后，对方接通了，但没有说话。我说："您好，请问是毛先生吗？"对方仍然没有说话。我以为是信号不好，又重复了一遍。对方便不耐烦地大吼一声："说！"看来此人脾气不大好，而且很可能怀疑我是电信诈骗分子。

我赶紧讲明原委。我说我叫彭剑斌，您肯定没听说过我，我喜欢写小说，十二年前，我在旧书市场买过一本您翻译的《英美现当代诗选》，就是署名缄斯的那本（"对，缄斯是我的笔名"，对方插了一句，语气平缓了许多），里面的诗大部分我都拜读了,我非常喜欢您的语言(这是真心话),我尤其喜欢您翻译的马斯特斯的一首诗,当时感觉跟我的一篇小说非常契合,于是我引用了诗歌末尾的几句作为题记,还用了第一句诗作标题,可以说,没有您翻译的这首诗,这篇小说就不会是现在的样子,它可能会变成另外一篇小说。可是现在有一个问题,我通过对比别的译本发现,您翻译的那几句诗可能是错的,您前面翻译的都没错,恰恰是我引用的部分您可能译错了。我打电话给您,就是想跟您确认一下,您当时对那几句诗的诠释究竟是一时失误,还是说,您有您自己的理解?

我都记不得了,太久了。毛先生说,起码有四十年了吧,我那时应该刚从大学毕业不久,就和另一位朋友一起翻译了那本书,那本书呢,也没有正式出版——到现在也没有正式出版过——当时只是作为函大的阅读教材印发的,仅限于内部发行,所以也没有经过专门的责编、校对,你说有错误,那应该也是难免的。不过我得看了原文才知道,我现在很多原文都找不到了!

我说,我可以将原文发给您。

后来，毛先生对照原文，又给我发来一个全新的译本。并附上一句话："重新译了，供你参考。以前的译文有问题。"

新的译文中，那几句被他翻译成："堕落的儿女，／生命对你们来说太强大了——／它利用生活去热爱生活。"他说，原文中最后一句是很微妙的，"It takes life to love life"，中文很难将它的意思百分之百地转译过来，但在此处将 take 理解成带来，显然是说不过去的。

最后，他很有风度地对我说，不管怎么样，我很感谢你给我指出错误。

不，我应该感谢您。我说，仿佛是您在四十年前，用一个失误作为代价，为我提前埋下一处伏笔，我知道这不是您的本意，但是对我来说，它的启示作用仍然成立，我由此感到命运的奇妙。而且这么多年来，我引用您的句子作为小说的标题和题记，一直没有标明出处，我欠您一个致谢。如果您不介意的话，我打算继续引用它们。

我不介意，只要你觉得没问题。

三

讲完了故事,最后我想作几点再版说明。

一、综上所述,我的小说《我去钱德勒威尔参加舞会》的题记部分引用的诗句,属于翻译错误。由于马斯特斯诗歌的原旨客观上和我作品的精神不相契合,所以我不能将题记更换成正确的译文。我也不能直接删掉题记,使小说的标题失去支撑,变成一个莫名其妙的标题。我更不能给这篇小说换一个标题,不管是作为篇名还是书名,《我去钱德勒威尔参加舞会》早已成为既定事实,标题与文本内容已经血肉相融,难以拆分。因此,我决定保留原貌,但有必要向读者说清楚。这也不是我一个人的决定,我征求了我的出版人及几位读者朋友的看法,他们都支持我这样做,事实上,这本来就是他们给我的建议。

二、此次再版,仍保留了原版(2012年,广东人民出版社)的大部分篇目。没有保留的篇目《双梦记》(由《画家和骷髅》和《严禁虚构》两篇小说组成），被收在同时出版的《不检点与倍缠绵书》里，它们与那本集子里的作品联系更紧密，气质上是一脉相承的。

在基本保留原有篇目的基础上，又新收入五篇小说。其中《喜欢独自看风景的女孩》和《画条龙，画条龙！》是在2012年出书之后才写的，是我在正式拥有"作家"身份之后硕果仅存的创作（尽管还没有我不是作家的时候写得好呢！）；而另外三篇（《你从哪里来？》《Fine, Thanks!》《肯德基早餐》）均写于2012年之前，当年初版被我弃之如敝屣，此次再版又被我取之如拾遗。"多长几根胡子罢了，凭什么看轻它们？"——废名在《〈竹林的故事〉自序》中曾如是说。

三、关于《海礅明》。该篇最早写于2008年，原原本本地复述了我做过的一个梦，但未能写完，剩下的部分我一直不知道该怎么写。直到2011年，为了收入即将出版的小说集，我才强迫自己把它写完了。但当时我对续写的部分仍没什么把握，所以临出版前还是决定只收入我比较有把握的未完成状态的《海礅明》。多亏了当时的出版人、副本制作的冯俊华为我想到一个补全的办法：给它配上几张照片（他从我手机里挑选的），并分别杜撰了图说，从而增加了它的完成度。此次出版，我将完整版的《海碜明》收入《不检点与倍缠绵书》里，跟之前的《双梦记》一并组成《三梦记》（究其标题出处，"双梦记"源自博尔赫斯，"三梦记"源自唐代诗人白行简，似与汉语文学更有渊源）；同时，我仍十分认可未完成版或者说配图版的《海碜明》的文学价值，它与完整版的《海碜明》完全可以视为不同的两个作品，所以我跟编辑商量之后，仍决定将其保留在此集中。

四、除了极个别字句，所有篇目几乎没怎么改动。可见我现在并不比当年高明多少，同时，我对这些小说"与时间的磨蚀相抗衡"的能力基本满意。也有几处让我略感失望，但基于不同的理由，最终还是保持原样。比如，小说《我去钱德勒威尔参加舞会》里多次写到人物"玩手机"，这个举动在小说故事所发生的那个时代所透露出来的意味，现在已经很难体会到了，"玩手机"已经变成大多数人的常态，更何况现在的手机跟那时的手机，早已经不是同一个事物。时代的发展在这么短的时间内摧毁了一个意象，这是我始料不及的。这篇小说里，还有一个句子在时过境迁之后也让我一读之下有些错愕，在写到"我"想抛弃卢淑玲时，我写道："我照样可以随时消失——而她则会认为我真的去了她八辈子也去不了的外省出差了。"很难想象，不管出于什么原因，一名现代女性在地理上的封闭程度竟至于此。这句话放在小说文本里是说不通的，小说并没有提供足够的信息来支撑它。但是当我跳出小说来看这一句，我心里很清楚当时为什么会这样写——因为年轻、行万里路的优越感，以及随之而形成的对卢淑玲们的错误印象。这是小说之外的真实，属于我的真实。

2020年9月25日，长沙

目录

角色	001
弯曲	007
爸爸	023
继月	051
她还小	059
你从哪里来？	075
海皦明	089
祝君晚安	097
Fine, Thanks!	103
我去钱德勒威尔参加舞会	109
在异乡将承受减少到无声	155
肯德基早餐	177
喜欢独自看风景的女孩	183
画条龙，画条龙！	197

角 色

现在，我们算是真正长大。虽然我觉得自己还没准备好呢，但产生这种想法时，我就搬出妹妹来——她都已经当了母亲。周末，我常带着妻子儿女同妹妹一家团聚。我感到亲情的可贵——是妈妈含辛茹苦拉扯大我们俩，并教育我们永远不要结下仇恨：即使在有了各自的家庭之后。

关于母亲的画面，我总是回忆不完。可是，在我的脑海里，却刻意想象眼前这个二十六岁的妹妹带着五岁的我，到村前的那条小渠道游泳的情景。作为一个五岁孩子的母亲，妹妹年轻、漂亮，性格刚毅，眼神温柔。或许她又是苦闷的，很轻，像某个人叹出的一口气。而我是她的全部，是这口气叹出的另一口气。

妹妹选择了一个夏日的午后，带我到村前的渠道里学游泳。她平时总是很忙，地里有一堆活要干。我想一想都惊奇不已，她把那个午后从世界中分离出来，让别人无法看到我们之间发生的事情。她像是虚构了那堂乡村游泳课。在她布置的田埂和不远处的山腰上，见不到其他人的影子。她借用了任何一个晴朗的夏日午后的阳光，和清澈的流水。我望着那流水，有种要跳下去的欲望。

我是一个不会游泳的孩子，或许正因为这样，我才更渴望接近水，而不是厌恶。我脱光了身上的衣物，在妹妹鼓舞的目光中，一步一步走下石板台阶，走进水里。处在水里，才知道水流动起来并不是那么柔软、温善；正如有时被她的大手牵着，竟不断体会到一种挑战一样。最可怕的是从腿下绕过去的水流，像几股麻绳在缠绕、拉扯。水并不深，刚够一个五岁男孩的下嘴唇。我稍微蹲下，张眼就看到水的皮肤：枯黄，缓缓抽搐。我极不舒服地从水中探出头来。从这几厘米的高度望下去，水面显得饱满，挟满秘密。

我的双手一直紧紧地抓住最低的那层台阶，它跟我胸部齐高。妹妹则站在岸上，不时地鼓励我松手，并示范给我一种飞翔的姿势。我么，仅仅是出于羞愧才没那么做。我扶着台阶逆着水流走去，又扶着台阶顺着水流听任自己被冲到原来的位置。我练习在水中转身，转身时，一只手先松开台阶，另一只手刚要松开时，这只手又抓紧了。妹妹高大的身影一直在头顶俯视着我。我还练习打水仗，把水花溅到妹妹那厚厚的白裙子上。我练习了那么多，就是没有练习游泳，因为一下水就心里有数，我浮不起来。我不想在她面前丢脸。我把脸埋进水里，练习憋气，耳朵里一片嗡嗡响。

"孩子，游呀。"

妹妹可能觉得自己还是一个新母亲，她很不习惯这个角色。想到自己是别人的妈妈，她就脸儿发烫，像是她还在寄宿中学时，遇到陌生的男子那样紧张害臊。她对自己的儿子说话时，声音也微微发抖，表情慌乱，要么就干脆整个人在瞬间显得僵硬。

为了减轻她无穷的苦恼，我在水里游起来。双手还是扶着台阶，脚呢，使劲地扑打着水面。可是我感觉肚子在往下沉，根本就学不会游泳。我懊恼不已，双脚如此用力地在水中折腾，只是虚张声势，不过发出了一些游泳时的声音罢了,扑通,扑通!溅起的水花更高,洒落下来的速度则更加缓慢。可付出的代价却是——让她彻底地明白了我一辈子也学不会游泳。她的苦恼反而加重了。

"你看,你不好好游,把我衣服都弄湿了啦。"她生气地说。我抬头看她,白得亮眼的衬衫确实湿了一大片。我同时也看到她后脑勺上方飘过一朵乌云。之后,阳光还是那么晃眼,乌云一直飘到了山的背面。她的衣服很快就干了。

后来,她走了。叫我一个人在那里学。她并不是趁我不留意的时候悄悄溜掉的,她跟我说了:她去家里有点事。我看到她高高瘦瘦的背影,穿过村口的竹林,在竹叶间变得稀疏,像是一群白色的蝴蝶痉挛般地飞舞。她拐过了残圆的砖窑,消失在第一座房子的墙角。

在她走后不久,寂静包围着我。我受到了来自心里深处的一个想法的诱惑,第一次松开了双手,离开台阶,走向水的中央。有数不清的小鱼从我身体里面钻了过去。这条水渠只有一米多宽,我才迈了两步,就已经到了水的中央。那儿的水更加有力,不过还算是挺整齐地流着，虽然时不时地，水面会拧出一条一条的肌肉，鼓凸凸的。可是，不知怎么回事，突然从我双腿间跑过一股特别调皮的暗流，一下子把我给扳倒了。我吞了几口水，在水里翻了好几个筋斗，又稀里糊涂地转了好几个圈圈。我奋力地把头冒出水面，嘴里叫了一声：妈妈！

冰冷的岸在我伸手可及的地方召唤我。我猛的意识到我的生长，如此之快：手一下子长长了许多。我抓住了台阶尽头微微凸出的一块滑溜溜的石头。

我再也没敢去做这种愚蠢的尝试。一下午，我都老老实实地贴在岸边，双手扶着最低的台阶。我想上岸去，可是台阶太高了，我想我可能爬不上去。

周围的一切，随着太阳光的减弱而变得无限温柔。这时，同样温柔的妹妹，从竹林中出现了。她哼着歌，脚步轻快地敲打着泥土，快乐而纯洁。她站在岸边，弯腰把手伸向我：

"咱们回家吧，在水里泡久了要着凉的。"

2007年，台州

弯 曲

> 柔韧性：涂层与基板共同弯曲而不发生破坏的能力。
>
> ——《××产品行业标准》

小何在一家食品企业就职，他的职业是司机。两年前，他老婆死于惨烈的车祸，这场车祸，当然，跟小何没有任何关系，他现在和死去的老婆唯一的妹妹同居。他有一个四岁半的儿子，住在郊外乡下小何父母的家里。

星期二的清早，小何从小姨子的被窝里爬起来，在电脑桌上摸起一包香烟，下楼去了。他站在楼梯口抽了根烟，正准备回房间，看到墙角，一个邮递员踩着自行车，沿某条看不见的弧形轨线无声地驶来，便故意行开几步，离身后的那排银光闪闪的镍合金信箱远了些。邮递员停好自行车，将肥大的邮包从屁股挪到胯前，迅速拿出几封一看便知道是电信公司催讨话费的公函，用一个采茶花的姿势，将它们优雅地塞进几个信箱里，又从包里拽出本约一厘米厚的32开小册子，外面裹着冰凉的薄膜套封，用尽最后一丝力气推入了中间一个信箱的槽内。小何注视着邮递员，这三十多岁干干净净的阴郁男子，一只脚尖不住地蹬着地面，左脚踩着自行车的踏板，最后，那只右脚像是从地面得到了许可，轻盈地像翅膀一样抬起，越过三角架，从背部开始一直往下使劲夹紧，把自行车踩得同干尸般僵硬，从他眼前骑走了。那本册子被粗心的邮递员斜置于信箱内，它的一角翘起在窄窄的槽沿上，仅露出一半厚度，但在小何看来还是非常明显的，能看出它纸张很厚，像一些8开的时尚杂志里面的精美纸张。他走近邮箱，又往四处瞟了几下，才开始慢慢地伸出四根手指——每只手两根——往一指宽的槽内屏住呼吸地探进去，对露出的小册子一角形成包围之势。不知哪根手指先触到了它，它缩了回去，沿着信箱黑暗的内壁一滑，只听见轻微而沉闷的一声响动，他再摸不到它了。他踮起脚尖，往槽内瞅了瞅，一声不响地走回房间。

像往常一样，小何在文员的电脑上偷偷地玩翻转棋，而文员则跟没头苍蝇似的在办公室里跑来跑去。有几次小何的头从椅背上仰翻过来，看文员到底在干啥，却无一例外地发现她只是在给什么人倒茶！比如说东北来的某个客户，或者时不时来公司应聘的刚毕业的大学生。这天上午，因为一对奇怪的老夫妇的到来，小何没法继续玩他的游戏了。公司的营销总监（脑袋扁长）正陷在软绵绵的办公椅上给八名新招来的业务员培训，讲解产品知识和谈判技巧，这对夫妇悄无声息地溜了进来，愣在门口。文员也没声没响地领他们到里面来，叫他们坐在正对着营销总监的沙发上，然后就跑去倒茶了。这张沙发是专门用来招待客人的，受办公室的空间所限，新来的业务员只能散坐在营销总监斜对面的三排办公桌前接受培训。他们进来时，营销总监缓缓地转动着办公椅，目光跟随着老夫妇的身影一直到他们坐下来，他总共将办公椅转动了15度，迟疑地冲老夫妇点了点头，"你们……是？"老头紧张地站起来，回答老师的问题似的，恭恭敬敬地说："我们是来进货的。"但说到一半他就有些气恼地坐下来，而且迅速采取了一种奇怪的姿势将全身紧紧地缩小在沙发上，使得后面两个字的声音像是从他的手指头上发出来的。这时，老板——一个五十来岁的精瘦男子——从里面的办公室里——通过一扇矮小得让人难以置信的小门——冒出来，他像一枚棋子出现得很突然，可看他走路的样子却足足像一只在沙滩散步的海龟，缓慢而闲适。他用毫无力气的脸部朝老夫妇埋怨："我们这里又不是仓库。"又继续慢吞吞地朝前走，看了看营销总监的脑袋，在他背后，老夫妇俩相互望着，不知怎么办才好。老板走到小何背后，在小何的头顶上说："你们从哪里过来？""我们是从锦福来的。"老太婆抢着回答，同时还粗鲁地扭了几下肥胖的身体，像是在摆脱老头给她的多余的暗示。老板走到门口，又走回来，眼皮在眼镜后面一眨一眨，随着他点头的适中频率。突然，他抬起头来，加大了音量，有点生气地说："锦福有我们的经销商，你们要拿货去他那里拿。"老太婆说："我们来市里玩的，无意中看到你们公司，就临时决定……"她又扭了扭身子。老板兜完了一圈，朝里面的办公室走去，文员端着两杯热水，踩着老板的脚印，躲躲闪闪地跟在谁也不敢保证不会猛然回过头来的老板屁股后面，脸上一丝表情没挂。就在老板弯腰走进里面的办公室的同时，文员将两杯热水放在老夫妇面前的玻璃桌上。"谢谢你，小姑娘。"他俩一块说道，文员赶紧跑了。营销总监又将椅子转回15度，留给老夫妇俩一个扁长的侧脸和他说话时不停蠕动的、一个狭长的半岛似的鬓角。

文员刚坐下便接到一个电话。她放下话筒，凑在小何脸旁说了些什么，小何从桌上抓起一串钥匙，起身走出去，她又垂着头走到沙发前，在老太婆耳边嘀咕了两句。夫妇俩飞快地点着头站起身，端起水杯跟随文员来到门口，这里刚放了两张专为他们准备的只有半个屁股大的圆板凳。

半个小时后，营销总监那慵倦疲软的声音停下来。八名业务员排着队，从老夫妇面前走过，出去走廊上抽烟。先是听到打火机的"啪啪"声接连响起，接着有一个声音说："你觉得怎么样？"后来，八个人的声音混杂在一块，像一团沙哑的快要熄灭的火。文员坐在电脑前打起了呵欠，脸像一块口香糖黏黏地拉开，她吃惊地跳起来：营销总监已经不见了。

有人在过马路时，发现一辆闪着右转向灯的银灰色小货车慢慢地驶向十字路口旁的非机动车道上，停在那里，占了半条非机动车道。那是在宽阔的郊区公路上发生的一幕，当时没有任何异常现象，过往的行人和车辆——跟平时一样——十分稀少。小货车停下之后，转向灯仍然一闪一闪，从驾驶室内下来一个小伙子，后来证实，此人就是某食品公司的司机小何。这人从车内走下来后，往马路对面的一片被残破的旧围墙圈起来的草丛扫了两眼，并朝前迈出几步，看样子是要穿过马路，到对面去。他当时双手搭在裤带上，先是将裤带一个劲地往下压——感觉是要脱裤子——接着又用力地往上提了提。才走几步，他便向后转过来，朝小货车靠近，否定了他将横穿马路，到对面的草丛中去小便的猜测。他闭上眼睛，做了个深呼吸，抬起一条腿，直直地搭在与腰齐平的车头，双手举过头顶，腰身向着搭在车头的腿上弯曲。估计是下车来呼吸新鲜空气，活动活动筋骨腿。压完腿，他用双手将腿抬起缓缓放回地面，被放下来的腿先是试探性地、小幅度地凭空踢了踢，然后就踢得愈发猛烈起来，像是在这柏油路面上，长出一棵狗尾草来挡住了他的去路,所以他必须把它踢断似的。他换了一条腿,继续使劲地踢,两条腿换来换去,踢得越来越快,换腿的频率也快起来。他喘着粗气停止了这种行为,在车厢旁边(并非绕着车厢)走了十几步,目光斜视前上方,一只手在空中抡了几圈。

观察者看到的就是这些(吧?)。

路况渐渐变得糟糕,柏油路面在他眼前越缩越短,那条横亘在道路前方的界线——柏油路和碎石路的接口处——跟刀刃似的,照准轮胎割过来。车子有如跳下了水里,空气中小团小团的尘沙相互挤来挤去,小石块在四个轮胎底飞速的表面跳芭蕾舞,把车抬了起来,又扔下去。

他冷静地将车停在一辆挂着厚厚的尘垢的大货车的屁股后面,车窗玻璃往下摇到底,身子往椅背上一靠,闭起眼睛等着。

他听到一声"喂",撑开眼睑。"你睡着啦?驾照给我。"只看到交警的白手套从天而降,也许是刚敬完一个礼,他想。他从屁股口袋里摸出钱包,钱包里掏出一叠银行卡,又滑又扁的驾照夹在两张卡中间,并因之间的气泡被坐得挤跑了,紧紧地粘在一块。他把驾照从农业银行卡上撕下来,正面朝上递给了车外站着的交警。

"去干吗?"

"拉货。"

"车是空的?"

"空的。"

"这驾照是你的吗?抬起头。"白手套几乎要伸进来,几乎要触到他的下巴。

小何把脸完全冲着交警,发现白白净净的交警脸上正浮起一些对某些事物的奇怪的联想。而交警的眼睛里则反而看不出什么,连一丝危险也看不到。他感到在一些微微闪烁、发出叮的一声的时间点上,这目光就是彻底的温柔,或黄金。"哈哈,太有意思了。"交警说道。小何还没反应过来交警此时是怎样的表情,那交警便已转身,朝大货车前面的一辆失去光泽的警车跑过去。他伏在一名正伏身在警车车头上记录什么的男子耳边说了些什么。那名男子的脖子突然警惕起来,他先是低着头看了很久交警手中的驾照,然后又同交警一道回过头,往小何这边看过来。小何一见到那名男子的脸，便知道怎么回事了，原来自己与那名男子长得十分相像。那名男子，穿着一件黑色茄克，看年龄似乎比小何长十岁。他只往小何这边看了一眼，大概什么也没看清吧，又弯下身去，继续写着什么，留给小何一个黑色的圆弧背影。倒是那年轻的交警显得很激动，看样子是非得拉那名男子过来，让他和小何打个照面，男子用力一扭腰，箍在腰间的两只戴白手套的手便掉落下来，交警显然没他力气大，不但双手被男子用力甩脱了，就连整个人都一下子没站牢，向后退了好几步。他笑嘻嘻地再度朝男子靠近，从其背后将一只胳膊绕在了男子的脖子上，正待发力向后拽，男子跳起来。"我警告你，不要胡闹！"小何听到他大声地对交警说，他望着路边的一块石碑，上面刻着一个数字8，沉思起来。当他再朝前方望去时，正好看到中年男子伸手在交警脸上轻轻地拍了拍，换了副温和的语气对他说："……就那样，不要惊奇，也没必要去看。"他没有再往小何这边看一眼，而是一直将背冲着小何和他的小货车。穿黑茄克的男子说完这些便大步地朝前走去，走过一辆停在路边的红色轿车，一辆白色轿车，一辆黑色越野车。

男子拉开黑色越野车的车门，身子折着坐进驾驶室，接着穿棕色休闲鞋的两只脚也齐齐抬起，收进去——车门关上了。

"我们走……"男子说道，随着话音，干燥的发动机响了起来。

后座上一个躺着的少年爬起来，坐端正了。他长着一颗细细的陀螺似的尖脑袋。

车子停在一个小镇冷清的集市尽头，后面的车门推开了，少年连滚带爬地跳下车，"谢谢叔叔。"他带上车门，笑着对男子挥了挥手。他站在那里，用稚嫩的眼光目送越野车远去，他看到车子溜行了不到十米，车尾的红灯骤然亮了，越野车再度停下。他由一股惯性推动，跑上身后的一道斜坡，跑到坡顶，额前出现一排火红的平房，他改为慢步前行，朝那排平房走去，一条半米宽的臭水沟散发着菌丝般的白色热气突然横现在他脚下。

男子看到前方斜蹿出一条人影，赶忙踩住了刹车。拦车的是一名瘦瘦的年轻男子，他把车拦下之后，像一只猴子似的一跳一跳地从车头斜到驾驶室旁，车内的男子已经把窗玻璃降下了，听到走上来的人在说："把车借我。"

"借你干吗？""去荷叶塘，打架了。"那人边说边掏出手机来，拨了个号码，贴在耳边，眼睛望着车内男子的头顶。车内的人冷静地拍拍旁边的座椅，"上车再说吧。"年轻人放弃了打电话，将手机丢进上衣口袋里，跳跑着绕过车头，从另一侧钻进了驾驶室内。

"既然是打架，我同你一块去吧。"驾车的男子一脸疲惫地说。他抬起头看了看上方的后视镜，又迅速将目光移开，盯着前方的碎石路面。汽车在起步前迟疑了一下。

"呃，事情是这样的。"

——在"砰砰"的碎石与轮胎的撞击声中和新鲜豆腐般的摇晃中……

"打都打完了，还去什么去。"驾车的男子说，"你们打伤了人家那么多人，说不定别人正伺机报复，咱俩跑去顶什么用？"

"去看看，去看看，我不是没赶上吗？"年轻人边说边吞着口水。

于是他一拳擂在方向盘上，汽笛的尖啸一闪而过，像是飞速地迎面跑过一只受惊吓的小动物，被他们抛在远远的后头呜咽一声又噤了口。两人阴沉着脸，不再出声。

"那是什么？那是什么？"

他惊恐而绝望地撒开了手，任它们在方向盘两侧无力地垂下来。他的右脚踩在某个具有弹性的物体上，下意识地使出了起码三倍的力量。越野车在一个小小的跳跃之后，从空中俯冲下来，发出难听的摩擦声，朝着眼前黑压压的人群全速冲过去。

他在一瞬间恢复了理智，及时踩住了刹车，这时人群在一阵躲闪和狂叫声中安静下来。这片刻的安静为我抹干净了一切使人眼花缭乱的障碍，目光直接粘在了一杆混迹在人群中样子丑陋、冰冷的自制手枪上。他手忙脚乱地挂挡，打方向，车子令我万分感激地挪动了，我感觉到自己在后退，眼前逼近而来的人群急躁起来。这种集体的急躁使我觉得自己正在令一大群凶悍的人毫无办法。在一阵被他一直小心克制着的兴奋与窃喜中，我突然发现有一样重要的、令人不舒服的东西已经出离我的视线很久了，他继续倒车，目光却忍不住在人群中搜寻起那样东西来。正当我脑子里猛的反应过来，自己所搜寻的是怎样一件可怕之物，而目光却一直毫无所获时，那样东西像是纯粹为了提醒他，令他注意到它所在的位置似的响了。

他的脑袋几乎碎掉，一大片脱离出来的头骨撕开发丝与血肉跳到了后座上，子弹穿过他破碎的头颅，直射进他身旁的年轻男子嘴里，那个麻木已久的人，突然像吃到了沙子，双目圆睁，举手捂住了下巴，可是大半截舌头还是挂在了淌着血的嘴外，像块肮脏的抹布，在脸上轻轻晃动。

越野车继续朝后退去，终于在几秒钟后滚下了数米高的路基，又在田里翻了几个身，轮胎朝上躺在了一道田埂边上。受伤的男子猛的推开（也许是用身子撞开）车门，躺在了地上。他又爬起来，朝不远处的山顶跑去，当他第五次摔倒在地时，他不再立即爬起，而是一翻身坐在草丛里，从上衣口袋抓出手机来，拨通了号码后，他先是用另一只手将半截舌头塞进嘴里，然后对着手机呜呜地哭了。

少年一抬腿跳过热气腾腾的臭水沟，蹬上台阶，走进了家里。他看到满屋子喧哗忙碌的亲戚。

"威威回来了？"他站在门后，来不及辨认是哪位长辈在问候他。

"威威，我们去看教堂吧？"两名十五六岁的，肌肤滑嫩的姑娘突然出现在他身后，将他拖出了门外。

"喂！等一下。"威威大声喝道，将被两名姑娘揪皱的衣袖仔细抚平。"哪里有教堂？"

"你们家后面的学校旁边，不是有个教堂吗？我们刚才在屋顶的时候看到了。"两个姑娘之一，闪着又大又黑的眼珠子说。

他们走在屋后的一条光秃秃的河岸上，不断地将鸡蛋大小的石块踢进透明的河水里。时不时有人踩着自行车从他们身边歪歪斜斜地骑过，小石粒打在车轮的钢辐条上发出好听的叮叮声。当他们沿着河岸拐过一道弯时，一片被遗弃在对面山谷里的旧瓦房出现在他们的视线里。那里有十几幢不再住人的房屋,用青砖和方石建成,没有上漆的木门紧闭着,门板上挂着一些黑色的小东西,远远的看不清楚。那个有着又大又黑的眼珠子的女孩一手缠在威威的颈窝里,一手指着那片旧屋:"威威,你们家以前就住在那里。"

"别箍我。"威威使劲地要把女孩的手从脖子上剥下来,他大声说,"我知道。"

另一位比较沉默的女孩故作神秘地笑了笑,没出声,加快了脚步走在前头。

"你不知道,"大眼睛的女孩笑盈盈地说,手抵抗着威威两只手的力量,仍然紧紧地缠在他脖子上,"因为你没去过,你爸妈把你从外婆家接过来的时候,你们家已经住在现在的家里了。"

他蓦然笑了,清晰地露出两片长了彩色斑纹的虎牙。他对那女孩说:"没过去就不知道了吗,谁告诉你的。"但是他们已经落下一大段的路了,前面那寡言的少女已经走过一座摇摇晃晃的石拱桥,来到一块能直接望见崭新的教堂的高地上。她站在那里,朝他们喊道:"你们快来呀。"

而那位姑娘是这样回答她的:"你一个人去看教

堂吧,我带威威去看他们家以前住过的老屋子,我们很快就回来……"

2007年,扬州

爸 爸

1

这个孩子竟然跑到我房间里来了。只听到整齐的几下敲门声,我拉开门一看,在膝盖的地方发现了他,他把衣服弄得不能再脏,衣襟满是泥巴、口水和油渍。他昂起头看了看我,摇摇摆摆地从我腋下进了屋,走到电脑前,想摸键盘却够不着,顿时没了兴趣,往床头走去,绕过床头后,将手掌放在衣柜的门上用力按了按,走到床尾,走出门口,这么一圈在他却跟走直线路径一样,显得轻松自然。他没说他来做什么。

有一天晚上,我去小店买泡面,电视里在放《新闻联播》，我站在那看了一阵。老板娘，一个成天穿着棉袄睡衣的三十几岁的女人，长着一张扁脸，非常客气地给我端了张板凳放在冰柜旁，叫我坐下来看。而她老公，那个瘦瘦的男子更像是来了什么稀客一样，笑呵呵地用抹布把塑料凳擦得干干净净。他问我不回家吗。我说过几天吧，现在回家也没意思。我没坐他们的凳子，等老板娘把面泡好送到我手里，我就端着边吃边站在那里看电视。这时那个孩子从外面回来了，他先是用手去捏我自行车的前轮，被老板娘呵斥道："脏的。"然后就朝我扑过来，抬起一只膝盖放到板凳上，另一只脚在地板上使劲，想整个儿爬上去。"那是给叔叔坐的。"老板边说边从柜台后面急忙跑出，就好像是什么大不了的事。结果他把儿子抱在手上，走到门口，指着漆黑的天上的什么东西要这小孩子看。我几口把泡面吃完，就骑上自行车回了房间。老板娘说："再看一下嘛。"我说没什么好看的啊。就这样……反正我觉得夫妇俩还蛮客气的。

后来，有一天，我不是决定要去买个皮包吗？原有的包已经破旧不堪，我想去商场买一个那种有光泽的棕色包。我摸了摸身上的口袋，硬币一个都没有了，想起头天晚上到小店里打电话，打了三块六，我身上刚好有四块零的，其余的都是一百的了，当时就把零钱给了他们，免得他们找钱麻烦。我锁好门出去，那时还很早呢，到了小店里，门大开着，人却不见一个，我走进去，喊了一声老板。里面墙上的门帘掀起来，只见老板坐在床头，上身红色的茄克穿得整整齐齐，双腿却塞在被窝里。那张床好像有点窄，因为他从被窝里将（穿着紧身棉裤的）腿抽出踩到地上时，我感觉他是突然从床上被挤落下来的。"要点什么？"他用那种仿佛叫我相信他，他将会非常理解我的语气问道。我赶紧（我想象自己是几步迈了上去，紧握住他的手）说："换点零钱，坐公交车没零钱了。""换零钱啊？"与其说是在问我，还不如说是在告诉别人。"换什么零钱，还没开张呢！"老板娘的声音立刻从离他不远的某处传出来，这声音听起来让我大吃一惊，因为我以前听过她的声音，而现在在见不到她人的情况下，听她的声音却分明更加真实，似乎还有点动听，或者说悦耳什么的；音量不大不小，既是对老板的吩咐，又是对我的回绝，无论从哪方面讲，都让人觉得恰到好处。而且声音还产生了这样一种效果，令老板顿时脸红耳赤，好像它里面暗含了对老板的羞辱：一大早生意还没开张就碰到有人来换零钱，而这都是你的错。老板又把脚塞进了被窝里，我仿佛看到他所感觉到的寒冷令整条被子迅速地结了一层冰，一切都被冻僵了似的。这时一个小小的头颅从被子里冒了出来，稀稀的淡黄色头发一根根翘起，奇怪的是这小家伙钻出被窝后并没有望向我。他认真地爬上他爸爸在被子里拱起的膝盖上，爬到顶峰时突然掉落下去。老板一边低下头按住落在他脚旁的儿子，一边说："还没开张。"我说："那就算了。"

到了商场，我很快就相中了一个棕色的皮包。有光泽，也有很多褶纹的那种，给人一种与时间的磨蚀相抗衡的感觉，就是说，它看上去应该是很旧了，却还是很新。那个包，我背了一下，就决定要了，可我不想叫老板看出我很喜欢它，所以撇了撇嘴，将它放下，继续看其他的。"小伙子，不用看了，就刚才那只我觉得挺适合你的。""多少钱啦？"我很随意地问道，手里一边挑选着别的黑色的包，脸上一副对他这里所有的东西都看不上眼的表情。他说开门生意，他就不漫天要价了，这个包就只卖两百三算了。我说价格挺贵的嘛,一边说一边往门口走出去。他说你不要走嘛,我这个是实价了。我没走啊,我说,我看看门口这几个。这是在一个地下商场,整个店里的墙壁上,包括门头都挂满了各种各样的包。"那你再看看,不过我觉得刚才那个,你背出去绝对OK的。"时间还很早,店里没什么人来逛,所以老板也挺有耐心地跟在我屁股后面,陪着我走过来走过去。我心里已经酝酿了一个价格,我决定还他八十,自己也吃了一惊。我觉得这是一种灵感,突然出现的东西,我是说这个价格在我脑子里出现,就跟来了灵感一样。我觉得要是在平时,很可能会根据对半还价的规律还他一百二,或者了不起一百。可是那天,我说不清我脑子怎么啦,非常地确定,就跟在哪儿看到一块提示板上写了"八十"两个字一样,我将还给他这个有点恶作剧的价钱。但是我不急着说出来,我仍然在店里挑来选去,每拿起一个包,只看上两眼,然后——简直是——把它扔回原来的位置,一直搞到他快要崩溃为止。直到来了两个姑娘,他跑过去招呼她们。我趁机取下我看中的棕色包,非常小心地将它背在肩上,站在镜子前认真地审视着。老板在那边看其中一名少女试一个韩版的斜挎包,我听到他不停地对她说,绝对OK的,绝对OK的。后来还冒出一句:你自己看,O不OK啦?

附证人口供一段(录音):

他那天啊,他想去买点藕。因为什么呢,因为房东的女儿啊,人好心,自己买了些猪蹄,看到他没回去,就同情他,分了半斤给他,也没跟他算钱。他呢,自己也喜欢吃猪蹄,我们就经常看到他买猪蹄来吃啊。他喜欢……他尤其喜欢用猪蹄来炖汤喝,放点胡萝卜、板栗啊,还有马蹄什么的,炖起来,他说好喝。他说那东西好喝,他经常,时不时地就炖来吃啊喝啊。那天呢,他看见房东的女儿送了点猪蹄,他就想搞些什么菜来配,骑着单车就去了市场。哎,看到一个水桶里放了几段藕,旁边那些箩筐里摆着白菜啊辣椒葱之类的,但是他就想买点藕,那些藕呢,他说非常的新鲜,呃,很丰满。他说他以前炖猪蹄没用过这种菜,他觉得是可以用的,他说蛮甜的。他点着那个水桶,说,"老板，这个怎么卖？"他就这样说。那个老板呢，早上生意好，很忙，也没看到他手指着的是什么，他在那里卖那些卤豆腐、鸭脖子什么的，要称啊，要包好啊，呃，要切啊，忙不开来，就跟他说，"小兄弟，买些什么菜？"就看了他一眼。他就说："喂，这个怎么卖？"那个老板，老板就切那些鸭脖子啊，也没看到他指的是什么。就说："白菜是吧？"多少钱多少钱一斤，就告诉他。他觉得老板是搞不明白他要买什么的，就总算说，"莲藕"。他就说莲藕，老板呢，老板也不知道他说的是什么，就说什么莲什么。他可能就生气了，弯下去从水桶里捡起一块藕，送到老板眼前，"莲藕啊！"那个老板就笑了一下，说，"哦，藕是吧？"多少钱多少钱一斤，就告诉了他。后来跟我讲起这个事，还笑了很久。这个小青年呢，就称了两截，巴掌大一点，也没讲什么了，红着张脸，一声不吭地就走了。好，走了。骑单车，骑到小区里，停好，碰到我老伴。我老伴问他，"去买菜了，小伙子？""阿姨，是的。"就问他，"买了什么菜？"就一个字也说不出来,把塑料袋打开,递给我老伴看。我老伴说,"藕啊。"他点点头,笑笑,呃,"炖猪蹄的,挺甜,蛮新鲜。"就跟我老伴这样说。

2

我回到家里,已经下午四点钟,坐了三个小时的汽车,路上瞌睡了大约十分钟,突然被一阵颠簸摇醒后,就一直异常清醒了。立中已经在我家等我,他说有点急,马上要过年了。我妈告诉我,立中来了有两个小时了,说,"我都不知道你要回来,还是他告诉我才知道的。你看看你们这些兄弟。"我回答我妈,"谁叫你不买只手机。"在家里也没什么好玩的,我妈说,带立中去看看我们村的水井呀。我说,人家早就看过了,又不是第一次来。等我妈去挑水的时候,我从口袋里掏出三千块钱,递给立中,叫他数数。他嘴里咬着根烟,把钱数了。我说数好就收起来,我可不想让我妈看到。

吃完晚饭，我去我睡觉的房间看了看。摸到门口的墙壁开关时，心里轻轻地叫了一声"亮啊"，然后就真的看到漆黑的房间瞬间亮了起来，我是说我把灯开了。床板上的灰尘是抹干净了，可能是用湿布抹的，还有些湿痕，可是被单还没铺上。我关了灯，出来。我问我妈，还没给我铺床？我妈说，被单还浸在脸盆里呢，我哪里知道你今天回来？明天出太阳才洗。我又问我爸什么时候回来，她说可能还要三四天。

我妈的床，挺大一张席梦思，就摆在吃饭的房间里，占了差不多三分之一的地方。吃完饭我妈坐在床上看电视，我和立中坐在紧挨着床的木沙发上（十几年前请木匠做的）围着桌子吃瓜子，谈闲。因为我妈在，我们也不好叙那些旧情，（就主要是聊了一些现状，）我们在读初中时，虽然没做过什么坏事，却因为经常在一块玩而没了念书的心思。我记得刚进七中，也没几个认识的人，做早操时，立中就排在我后面，他总喜欢从背后抱着我，跟我说话。他有时双手环抱着我的腰，更多的时候是，一条手臂搁在我肩膀上，另一只手从我腰后伸出，往上攀，十个手指在我胸前紧紧相扣，让我觉得自己挎着一个过长的、拖到地上的书包。他第一次问我是哪里人，就是在操场上这样抱着我，有点好笑。有一次在美术课上，立中埋头在画几颗枇杷，趁老师不在的时候，我跑过去问他画什么，他大声地说："别吵嘞！"我走回课桌，他可能不会觉得这有什么，下了课又会来找我说话，但是我已经伤透了心了。奇怪的是，我的感觉好像被他知道了，他后来也一直没找我说话。这样持续了差不多两个礼拜，我们之间见了面连招呼都没打过。直到有一天晚上上晚自习时，另一个跟我俩都要好的同学很期盼地跑来和我说："今晚立中守寝室，他一个人在。"我慢慢吞吞地跟在他后面，一块进了寝室，立中正躺在床上守寝室，也没看书。我只看了他一眼，并没作什么表示，就马上转过身来打开我的箱子，我当时这想：他会不会觉得我太无情，但是我又想很快他就会知道我不是那样的人。因为我是从箱子里拿出一把他好久以前借给我的伞，走过去还给他。当我叫出他的名字时，我感觉我好久没叫过这个名字了，我说："立中，你的伞忘记还了。"当我说出这句话，我有把握我们已经和好了，但我还是情绪激动，又说了一声："对不住啦。"我才安心。立中,也跟我一样,很不善言辞,他坐在床上,接过雨伞,告诉我不急着还嘛。听到我说对不住后,又站起来说:"莫这样说……"然后,带我来的那位同学就在一旁说,"好啦,现在问题解决了。其实我们都不知道是什么问题,你们自己也不知道,就这样两个人不说话了……现在,你叫一声他的名字,你也叫一声他的名字。"……

我们断断续续地聊了些现状。其实是围绕"现状"这根主干的一些无关紧要的枝节,无非是在哪个工厂碰到哪个令人气愤的主管,或者是这个超市跟那个超市价格不一样,然后又说在我们这个小地方也开一家超市,可能会亏本。没话题时,就嗑着瓜子,看我家那台黑白电视。这时,我妈还想起她有个中学同学,正好嫁在立中他们那个村子里,就向立中询问起她那位同学来。他们这一聊就聊了将近半个小时,趁他们聊天,我正儿八经地看了一会儿电视。

后来,我妈掀开被子,穿着一条粉红色的薄棉裤,趿着拖鞋走到客厅里去了。"你们不冷的?"我当时认为她是去给我铺床了,过了一会儿,她进来说,立中,我们家的床单都还泡在水里,没洗呢,今晚就三个人在一块挤一挤吧。"这又没有关系的。"——也许是我妈,也许是立中,这样说。我妈睡里面,挨着墙壁,我躺在床中间,尽量地舒展着身子,立中则侧躺在我的另一侧,背对着我,一条腿伸出床沿。立中的棉裤膝盖上有个很大的洞,他轻轻地扯了点被子将它盖住了。我妈说,她那边还有很多被子……

"立中,开关在你那边。"

3

过完年,大家都在走亲戚,或去朋友家玩。我妈叫我也出去玩玩,不要老闷在家里。我说,我想去立中家,很久就答应他了,却一次也没去过。我妈说,你怎么去,他家不是住在深山老林吗?我说,我想骑摩托车去,我跟我外公借摩托。我妈说,你会骑吗?我说,会骑呀。其实我只是想骑骑摩托罢了,我两年前就学会了,可是一直没有机会骑,除非过年回家跟我外公借摩托车在公路上骑着玩。可是我还从没骑摩托去干过一件什么事呢。我外公的摩托车买的时候是旧车，然后他又骑了三四年吧，现在更旧。我妈跟着我去跟我外公借摩托时，他老人家很爽快地答应了，但是末了，他问我一句：去哪里？我说出了立中村子的名字。我外公吓了一跳，他眯起眼睛，在回忆什么似的："怕还是别去嘞！"他点了一下头，说他记起来了，他三年前去过一趟，那些路不是一般人能骑的，全是在半山腰绕圈圈，路面又窄又坑洼，人骑在上面往山下一看，头都要晕。我说，没事的，我用一挡骑。又说，如果到时我没把握我就不骑，进山路的时候叫他们骑，因为立中答应带人到马路上来接我。我妈也叫我考虑一下，千万不要逞能。我说，没事的，你放心吧。我妈就跟我外公说，让他去吧。

我载着我妈往立中家的方向开去。她说她也要去，想去看看立中家里，还有她的那个中学同学，因为不久前碰到她了，她们以前非常要好，她邀她到她家去玩。一上路，我还是开得很谨慎，但是看看这宽阔的柏油马路上也没几个行人，车子就更少，我胆子也开始大了起来。我很快开到四挡，速度加了上来。只有当我持续把油门扭了很久的时候，我妈才突然想起应该提醒我一下似的，叫我别开那么快。于是又把油门松一松。那天的风非常大，我妈脸上遮了一块花花绿绿的布围巾，她紧紧地搂着我，又把手伸到我胸前，将我衣服的拉链一直拉到下巴。"冷吧！"她说。我说，"还好。"油门又不知不觉地加大了。前方路面上，一个矮壮的老太婆，被一身黑棉衣裹得严严实实，头上还罩着一块厚厚的黑布，像是在马路上爬行。也许是听到马达的轰鸣，想看看是哪个不要命的把摩托骑得这么快，她边走边不断地回过头来看。我冷漠地呼啸而过。"是你奶奶！"我妈惊叫一声，扭过身子去，又朝那个变得很小的身影招了一下手，虽然她动作有些过大，但我还是开得很稳，没受到什么影响。我这才意识到原来我的技术已经那么好了。骑了一段时间，一直是非常安静，风声一直在我耳边流过，偶有间隙，像是曲目之间的片刻停顿。后来，再也听不到别的声音时，风的呼啸也成了静的一部分。不知过了多久，由于有一个急弯，我不得不把速度一下子减了许多，风声马上从我耳朵上退去了，退去的时候引起了一片比风的呼声更大的嘈杂。各种各样的声音，有的像是从我们身后的某处山头后面被挡住的村庄里发出来的那种上楼梯的声音。原来这些声音一直潜藏在我们周围，或者从很远的地方不停地追着我们。是风让它们隐藏起来。或者是摩托车的速度，让我们摆脱了它们；我们前往的地方只有更安静。一路上，立中打了很多次电话来，可是我没听到。他想问我们现在到哪里了。"你手机在响！"我妈大声地说。奇怪的是，这句话我听得清清楚楚，我反而觉得她说得太大声了，我觉得我们周围并没有那么吵，非得这样扯着嗓子来喊。我跟我妈说，我也听到了，好像刚才响过几次了。我叫她帮我接，在右边的口袋里，拉开拉链，按那个绿的。我故意用平常说话的音量跟我妈说了这些话，结果她真的听到了。她接通了手机，"立中——"她还是大声地喊着，说着说着她的音量小了下来。"我们也不知道到哪里了。一座桥？好像过了吧。刚才过了一座桥……哦，那就不是那座。很小的桥，然后呢？右边有个路口，一棵树，那我注意一下。我们出来的时候是九点钟，好，好，挂了啊。"接完电话后，我妈就把手机拿在手上，没有塞进我口袋了。她说："你怎么买只这么大的手机，我看他们的手机都是很小的。"我没说什么。她又说,"这边我都没来过了。立中说要过一座桥,好像有条小河吧,过了桥不到二十米有个路口,在右边的。他在那个路口上等我们。"我说,"不会走过了吧?"我妈说,"不知道。刚才好像看到一座桥。""我也看到了。不过那座桥是在田中间。""立中好像说,要开过一座桥,那应该是在马路上,一座很短的桥。""一座很短的桥,在马路上?那怎么看得到?你从一座很短的桥上走过,你怎么知道那是不是一座桥?"我妈说,"桥下有一条河。"我笑了笑,觉得这样跟我妈说话,挺有意思的,我甚至觉得我说那些话是为了吓唬她一下,好让她突然紧张起来。其实我并不担心我们走过头了。我的感觉是我们已经跑了很久很久,也很远很远了,因为我觉得我开得那么快,那么久之后,我们一定已经身在很远的地方了。可是我们并没看到那座桥。我觉得我一定不会喜欢那座桥,因为它已经、它提前在那里了,好像是我预感的一部分。当我们看到路边有一家小店开着门时,我叫我妈下车去问一下老板。我停下来,我妈下了车,朝那间只有门口有一点明亮的小店走去,我只来得及瞟了一眼小店的内部,阴暗,没看到人。然后我发现原来我把摩托车停在了一个稍有点斜度的坡上，车子正在一点点地向后滑去，于是加了加油门，把摩托开上了这个坡。"我把车开上这个坡，在前面等你。"我跟我妈说。一到了平坦的路面上，我就把摩托车停下来，一只脚支在路面，望着后视镜。我看到我妈站在那里说话，做手势，可是里面那个人却刚好被墙角挡住了。我突然想笑出来，因为我产生了一个滑稽的想法，觉得我妈是在跟一座阴暗的房子说话。这时，我妈问完了话，正朝我走来。她边走边看着我。我感觉她也在看着后视镜，通过后视镜和我对望着。在这一段时间里，我觉得我们俩都有点不好意思。走到我身边时，我妈说，"他妈的，一个女的，她说她也不知道。我都听不懂她的话，不是我们那里的话。"然后她毫不犹豫地跨上了车，好像全由我决定，往前开还是掉头回去。我当然是往前开啦，只有开得足够足够远，回去时才有意思呢，因为回去的路途肯定比来时的路途要短很多——给人的感觉上。幸亏我没有掉头，开出没多远，我看到了路边站着两个人，旁边摆着一辆崭新的摩托，一个是立中，正在摸着自己的嘴唇，另一个是他姐夫，我以前见过的。我开得太快，见到他们时一下子没停下来，立中急得电话马上就打过来了。我听到手机在响，跟我妈说，不要接。这时我才刹住了车，我说："他们在后面。"话刚落音，他们的摩托就跟了上来，骑车的是他姐夫。立中冲着我说："你怎么这么慢，不是九点钟就出来了吗？"他们在前面开路，我紧紧地跟着他们。又开了几分钟，我看到一条倒映着铅色的天空的小河嵌在刚开垦过的田野中间，我顺着这条弯曲的河从远及近地看过来，然后发现我们前方的路面倒映在它底下的河水里出现了一个黑黑的弧形，那就是立中所说的短桥。这时他们已经拐进右边的路口了，一棵粗壮的不知什么树长在那个路口上，树旁有一幢水泥屋顶的红砖房。我妈这才想起来，哦了一声："刚才立中说了，路口有一棵树。"我开进路口，他们已经停在那里，立中走过来说，"婶婶坐过来吧，前面开始就是山路了。"我顺着道路望进去，里面全是连绵的大山。我问立中，你们家在哪里？他说，我现在也不知道我家在哪里，只有顺着路才能找到我们家。我们都在笑。我对我妈说："你去坐他们的车吧，我可能载不了你。"我妈过去坐在立中姐夫后面，手里抓住他姐夫的皮衣。她转过头来问我："你开得了吗？要不让立中开吧。"立中也说："我来开吧，我熟悉一点。"我拒绝了他："你去坐好，别让我妈掉下来。"他便跨上他姐夫的车，坐在我妈后面。轰的一声，他们开出去了，现在路面还比较宽和平，只不过是泥路罢了。我也赶紧扭了扭油门，松开了离合器，让车子走起来。"用一挡！"立中突然回头喊道，还慌慌张张地做了个手势，好像他想到竟然差点忘了提醒我，因此感到后怕似的。

从立中家回来，我有种大难不死的感觉。那么陡峭、崎岖的山路，那么险峻的地形……其实在真正上山不到两公里，我就开始没把握了。我从来没有骑过这种路面，比这好一点的路面也没骑过。在冲上一个呈直角弯的陡坡时，我的摩托突然熄火了，我马上打着了火，可是由于离合器松得太快，又熄掉了。虽然车子已经下滑了好一段距离，但我还是再次打着了火（因为是电子打火，所以比较快，也比较方便），我使劲地加油门，可是没用，我不知道为什么车还在继续下滑。底下便是深渊。我冒汗了，迅速从车上跳下来，想把车推上坡去，可是车身的重量带着我一点一点地往下溜。那时我已经完全没主意了，唯有考虑着要不要在关键的时刻把手松掉，让摩托车掉下深谷——那样至少还可以保命。他们把车停在前面一块平地上，全部下了车，向我跑来。

"松掉离合器！"立中冲着我大喊一声。

我这才发现原来在紧急关头，我把离合器（而不是刹车）当作了救命草，一直死死地捏住它。离合器一松开，车身便不再下滑。立中的姐夫过来了，他从我手里接过摩托车，一边加油门一边把它推上了陡坡。推上去之后，我连碰都不愿碰它，正好这时立中提出让他来骑，我没有推辞，垂着头坐到我妈身后。我还是比较相信他姐夫的技术。我们很快把立中甩在后头，一直到再也看不到他，听不到他。前面路上还有好几处比刚才那个陡坡更险的地方，我暗自庆幸自己没骑。我们到了立中家，又过了半个小时，立中才到达，可见他的技术也不是很好。

4

屠夫隔着一层皱皱的粗麻袋摸索那个小孩,头颅,肩膀,捆在一块的四肢,温暖的体温,心脏的跳动,微弱的呼吸,间或的抽搐吓得他猛的缩回他那颤抖的手指。"这是一条疯狗!"他吩咐他的伙计们,"把它打掉。"他们中有一个苍白羸弱的家伙,有所防备地走上前来,提起麻袋举过头顶,然后将它掼在地上。"骨头断了。"他用一种怪怪的近似甜言蜜语的语气说。屠夫又交给他一根木棒,叫他敲一下它的脑袋。脸色苍白的家伙总共敲了四下,因为他也"说不准哪儿是脑袋"。他敲完,将木棒小心翼翼地放回案板,等他的手一松开,木棒在凹凸不平的案板上来回滚动了几下。

5

"你这个包是什么时候买的?"
"2月3号,早晨。"
"看上去很旧了。"

"买的时候就这样，他们这样设计的。"

"在哪里买的？"

"延安路，一个地下商场，什么名字我忘了。"

"买完包后你去了哪里？"

"没去哪里，回来我租（注：也可能是"住"，普通话不标准）的房子里上网。"

"那天你还出去过没有？"

"没有。因为晚饭我叫外卖的，所以没必要出去了。"

"那么3号这天，你见到那个小孩了没？"

"没有。不过我见到他父母……不对，应该是只见到过他爸爸。"

"在哪里见到的？"

"在他们小店里，那时他们一家都还没起床。"

"既然他们一家都还没起床，你怎么见到他爸爸呢？"

"店门开着，我就进去了。我去找他们换零钱。我没想到他们还没起床，他们就睡在店里。"

"你说你只见到他爸爸，然后你又说他们一家还没起床。既然只见到他爸爸，你怎么知道他们一家还没起床呢？"

"老板娘睡在床尾，我没看到她人，但我听到她说话。"

"她说什么了？"

"她说还没开张，不给换零钱。"

"然后呢？"

"然后？哦，我能更正一下吗？……我还见到那个小孩了。"

"请你不要试图隐瞒什么。"

"我怎么会隐瞒什么呢？天哪！……当时，那个小孩刚好从被窝里爬出来，我只看了他一眼，没什么印象，所以我刚才一下子没想起。我现在更正一下，我那天见到他们父子俩了。"

"嗯，你不要紧张。我希望你回答问题之前，尽量回想清楚，最好一次回答准确。"

"好的，我尽量配合。"

"那么——请你不要认为我是在开玩笑，当你见到那个小孩时，你觉得他的样子像一条狗吗？"

"像什么？"

"狗。一条疯狗。"

"为什么这样问？我，我从来没想过……这样子去……形容他。"

"因为有人竟然不小心把他误当成一条狗，捉进一只麻袋里，提到菜市场去卖掉了。你说你后来……"

我漫不经心起来。压制我很久的那种莫名的紧张与不安突然消失了。我看得也快了起来，我的目光在纸上一扫而过，与此同时我发现自己之前是在一件不必要浪费耐心的事情上倾注了过多的耐心，这说不定更能引起别人的怀疑。我觉得我完全信任他们，不可能在笔录上出错，把我没说过的话也记上去。我脑子里冒出"把我没说过的话也记上去"这个念头时，一扫而过的目光特别留意了一下纸面上有没有出现像"这件事是我干的"或者"好吧，我坦白"这样的字眼。当我匆匆地翻过三四页，眼前并没有冒出那样的字句时，我觉得这个世界正如我一直相信的那样并不荒唐。这种感觉很不错。像是身体里面有某个重要的部件被加固了，更安全了一样。尽管如此，翻到最后两页时，我还是抱着某种小心为妙的稳妥打算，把上面的内容认真地核对了一下。

"他跟你说了什么？"

"他跟我说了句很奇怪的话，问我为什么在这里转悠。"

"你仔细想想，以前见过他没有？"

"就见过那一次。我说，莫名其妙，我本来就住在这里，为什么说我转悠？"

"他样子可疑吗，你觉得？"

"我不知道。我平常看每一个人都觉得……"

"觉得什么？"

"没什么，都很正常。"

"你说了那句，他怎么说？"

"哪句？"

"你说莫名其妙，为什么说你转悠？然后他怎么说？"

"哦，我那句并没有说出口。我是说，我当时心里是这么想的。其实，他问我为什么在那里转悠，我没搭理他，就走开了。"

"你后来有没有再见到他？"

"没有。"

"他的口音像本地人吗？"

"这个我倒说不清楚，我不太会听，何况他也只跟我说了那一句话。"

"他当时跟你说话很凶吗？"

"有点凶，反正莫名其妙的。"

"你走的时候有没有留意他的行踪，他还待在小区里吗？"

"我没回头，不知道他后来怎么样了。"

"你2月4号早上去过菜市场没有？"

"去了。去买菜。"

"买了什么菜？"

"就随便买了点配菜，用来炖猪蹄，因为房东的女儿那天刚好送给我一些猪蹄，我想用来包汤喝。"（我注意到"包"是个错别字。）

"我问你买了什么菜。"

"哦，那个……？？"

"什么？"

"（注：藕。普通话不标准。）"

"之后你去了哪里？"

"我回家了。"

"房东说你一直不在。"

"我是说我回老家过年去了。"

"你老家哪里的？"

"××县。"

"这么说你是4号回家过年的？"

"是的。"

"几点钟？"

"中午1点20分的车，我12点就去坐公交车了。"

"你喝完汤才走的吗？"

"是的，本来……"

"带了什么？"

"一个行李箱，就带了这一样。"

"本来什么？"

"本来打算坐早上的车回去的，可是房东女儿硬要送我那些猪蹄，我不想浪费。"

"你走的那天有没有见到那小孩？"

"没有。"

"他爸爸呢？"

"我是从另一边出去的，没有经过小店……嗯，没见到。"

没有问题，可以签字。但我还是习惯性地翻到第一页，看了看，然后又每一页象征性地检查了一遍。我对他们说："我说的是住，不是租。不过那房子确实是我租来的。"他们板着脸，严肃地点了点头。我便按他们要求的，在每一页的底下都签上了我的名字。

2008年，杭州、广州

继 月

她蹲在两口井边。井是水泥井，村里的男人们花了一个冬天，用大块的石灰石和少量水泥在山顶砌起一个蓄水池，再一路挖坑，埋下手臂粗的橡胶管，将活水导到村旁，他们用一个冬天的时间，做这些，加上在村旁用水泥和沙子砌成这两口井。活水输到头井，是村民饮用的水，水满上来后，由一道暗的斜口流进二井，人们在这井里洗菜。二井比头井低，它的水也满了，通过另一道裸露的口子流到杂草掩盖的水沟，从水沟又流进十步开外的池塘。有人承包了这个两亩见方的池塘，在里面养鱼。在那个冬天，人们还花了十天的时间把以前坑坑洼洼的塘岸加固、填平了，用的是条形面包似的褐色粉石。笔直的岸是村民挑水必经的路，岸的对岸是山体，有几棵排骨似的杨树，蹿得挺高，倒映在稍显浑浊的水面上。继月蹲在洗菜的井边，背后就是她家的菜地（遇上天旱往菜地里浇水倒是方便），菜地边边植了一圈长豆角，豆角藤顺着两两交叉、插入地里的细竹竿往上爬，绕成弹簧——而那些肉乎乎的触角则在空气里自己长成半透明的弹簧——长长的豆角就挂在干枯的竹竿上。这个竹竿栅栏把她家这块汤匙形状的地围了一圈。围在里面的是一整片的红薯，青翠的心形叶子密密麻麻，完全遮住了肉色的土，和生长这些叶子的红薯藤。像一片湖水。又因为是在山坡上，确切地说是：一片倾斜的湖水。这块红薯地的尽头（离水井更远些），是某户人家的晒谷坪，因为用了太多的水泥，看上去有些苍白，像老人的胸膛那样又干又硬。

继月的两只箩筐，一只装了几捆红薯藤，一只装满了嫩嫩的红薯、紫黑色的茄子和青辣椒，还有两个熟透了的大桃子。她手里在洗葱，从指头肉里冒出的短指甲麻利地掐去葱的根须，又稍稍掰开中空的管叶，洗掉那些腋窝里的湿泥，最后在水中顺着那些管叶从根到尖捋一捋。她站起身来，把红薯、茄子和辣椒全部倒进井里，有两只红薯沉了下去，其他的没沉，像小鸭子那样聚到一起，慢慢地朝一个角落里游去。她透过半浊不清的洗菜水，看到两只红薯正在慢慢地浮上来，最后只冒出两个尖尖的头，和几根粗胡须。她一把抓住它们俩，给它们洗了洗，放进空箩筐里。

继月跟个机器人似的洗完红薯、茄子和辣椒。她看着脚边那两个烂掉一点点的桃子，她对这两个桃子没什么胃口。

红薯藤不用洗。她从另一个山头扯来这些红薯藤，她家有十几块红薯地，在那个山头上她还种了茄子、玉米和辣椒，玉米地中间长着一棵桃树。红薯藤疯狂地长，而红薯也在泥土底下膨胀。每隔一段时间，她就要给红薯地"梳头"，就是将到处乱爬的红薯藤摆向同一个方向，让它们一致朝着那个方向生长。这是为了避免它们缠在一块分不开来，方便以后扯断，因为这些藤必须在老化之前喂给猪吃，从根部用指甲切断，一根一根地，齐头绑好——用其中的一根将其他的绑起来，这就是一捆。她今天扯了五捆。扯了五捆，地里还是那么茂盛，叶子篷盖着泥土，看上去没什么区别。她家种了很多红薯。红薯和红薯藤都用来喂猪，猪一年要吃掉很多东西，除了红薯，也给它们喂玉米、稻谷、白菜、萝卜、黄瓜、金瓜，等等。人吃不了的东西也给猪吃，比如烂在树上的水果，有时没烂掉的也扔给它们吃，还有整个的西瓜，砸烂了让它们吃……发潮的瓜子、花生、生虫子的糖、酒糟、冷饭……摘回家几天开始蔫掉的苦瓜、茄子、四季豆……不知道从什么时候起，人们把插完秧后剩下的秧苗、除掉的嫩烟叶也担回家里喂猪。嫩烟叶得先把烟油洗干净，洗完倒掉的水绿油油的，有一股冲鼻的气味。说到烟叶，她家种了一万多棵烟草，她家的烟叶大片、没有斑点，烤出来金黄金黄。卖的价格不用说，是全村最好的。她养的猪也是出栏最快的，最肥。她家的果树多得没数，每个山头都种了有，厕所旁也要栽上几棵，熟透的果实掉下来，经常把厕所的瓦片砸破。

继月留着齐耳的黑发，整齐的边缘，跟刀口一样。她像个机器人似的甩着这头黑发，忙里忙外。她的男人也是，像个机器人，专挑重活来干。她男人的腰粗得跟堵墙似的，方形脸，黑得像铁。继月她家有幢结婚时新砌的红砖黑瓦房，四室一厅（还有阁楼呢），水泥地，结婚两年后又把院子的地板都铺上了水泥，现在有些地方裂开来——比如说地灶旁边的一圈，由于被藕煤烤得过多还是什么的，老是会裂开。不过不要紧，她男人总是及时地修补好。她家拥有两座厕所，一座是老人留下的，用土砖砌成，阴暗不透风；他们结婚后又用红砖新建了一座，保持得特别干净。有时村里的人也会跑进她家的厕所去解手，两个粪池经常满满的，她和她男人浇菜地老是浇不完。她家有四间猪圈，一间在柚子树旁，另外三间是她男人一次建起来的，排成一排，就建在以前的一块黄花菜地里，她现在还记得那块菜地的样子。种那么多烟草没有两个烤烟房还真忙不过来，所以她家有两个烤烟房。继月结婚时是什么样子，现在仍是什么样子……

她弯着腰洗菜，心里想别的事情。她回去要做饭，早上出门时，家里的地灶只留了一个很小的通风口，灶上搁了一大壶水。她拿两个桃子没办法，它们已经开始腐烂，而她——包括她全家人——一点也不想吃。她想把它们放进红薯堆里，一块挑回去给猪吃，但想到那么大的两个核，她怕把猪给噎死了。

然而继月最担心的（说来好笑）还是：家里的房子起火啦，四个孩子被烧焦了，她男人被村里人用猎枪打死。她最担心的莫过于这些啦。她以前好像没担心过，也许有，但……说不清了……反正今天蹲在井边，一上午都心绪不宁，刚才看到两个红薯沉下去，她心里被揪了一下似的。她耐着性子，仔细地——像个机器人——把所有要洗的东西都洗干净了，齐耳的黑发在她脸旁磨来磨去。她并没有预感，从没有这种乱糟糟的确切感觉。她担心这些是有原因的，她知道那水壶可能会爆炸，因为在灶上放得太久，她已经忘了是不是真的把通风口关上了，只留下一个缝？她没关，根本就没有。水壶要爆炸，因为里面的水煮干了。那些烧得通红的透明的煤球，像红红的眼睛一样，对，就像村里某些人的红眼睛——她会这么想吗？……衣服，水壶上罩着一个竹筐，上面烘着孩子的湿衣服。衣服着火了，火苗引燃了灶旁的木沙发，继续烧，舔到了新买的的确良窗帘。木桌。碗橱。整个天花板——也就是阁楼的地板——都是木的。墙壁一烧即化，玻璃炸开来四处飞溅。电视机在客厅里静静地等着，像一个定时炸弹。孩子们的床。蚊帐比汽油更好燃烧,并且将孩子裹在里面贪婪地烧。他们一定还没起床,而大门又被她从外面锁上了。被子滴着浓稠滚烫的黑油,在粉嫩的皮肤上钻洞。他们痛死。被烧干而死。被浓烟呛死。整个屋顶陷下来,将他们压死。就算水壶不爆炸,有人会放火。我们跟每户人都吵过架,而每户人又跟每户人都吵过,这个小村子就是这种情况。我男人跟他亲兄弟闹翻了。有人会点一把火,偷偷地把我家的大门烧旺了。大火冲里面扑去,他在暗地里观察,火要是灭了,他就走过去再添一把。大火烧得真旺,他在暗地里观察,孩子们要是逃出来,他就一脚将他们踹回去。我的孩子像四片烟叶一样烤得全身发黄。我男人去镇上卖烟,用自行车驮着一捆上好的烟叶。他骑在回家的路上,在没有人的田野里被人狠心地打了一枪,打在脑壳上,死了。

2007年,杭州

她还小

献给葵

一九四四年,她跟父母逃难,途中两个弟弟走失了。母亲悲痛得要投河,父亲一把抱住了她:"不行!不行!"母亲说:"两个儿子全丢了……全部行李也没有了……还有什么路好走?孩子没了,我的心也死了。日本人追来,我们也是死路一条……孩子那么小,说不定早让日本人杀死了。"父亲说:"要死,也行,我们三个一块死。"两个大人征询她的意思,小女孩点点头,说:"好。"说完就哭了。于是下河,手牵手站成一排,朝河心走去。两个大人又吻了一番,不知道这算作什么。苦涩的水浸湿了她的小腿,父亲把母亲的头按进水里,母亲不再动弹,父亲也不再。他们窒息了。小女孩被脖子周围的浪吓得哭喊起来，一个小小的头颅在河面上叫爸爸和妈妈。他们醒来，挣扎着抱她上岸。全身湿透，太阳很快把他们身上的衣物和头发晒干了。

她的鞋子掉了。爸爸背她。

一列难民火车走走停停，从东驶往西，昨天夜里有消息在乘客之间散播说"已经彻底没燃料了"，停了一天，没有人知道还要停多久，突然间沉重地向前移动了一厘米，所有乘客——除了那些还在睡梦里的——都侧起耳朵来，听这一厘米：没有一点声音，火车已经在走了。火车上的人说，因为它行驶在夜里，铁轮长久地撞击着铁轨，发出单调而沉闷的哐当声，和拐弯时车厢摇晃所引发的吱呀声，使他们产生了幻觉，当黎明来临，他们以为是火车本身的速度把他们从漆黑无垠的夜里，带到了万物显现潮湿轮廓的清晨……这绝对是一种让人心甘情愿地沉浸进去的幻觉，因为他们十分清楚，即使火车一步不动，昼夜仍然更替。而有些人则睡在车厢顶上，睡得很死，既不知道火车什么时候又跑起来的，也没看到清晨中万物潮湿的轮廓，被太阳晒醒后，连现实都一时回想不起来，还以为自己在愉快的旅行中，以至于等到那些在昨天晚上一直没睡的乘客实在无法忍受沉默过来搭讪他们"不是说没有燃料了吗"时，他们才在一秒钟内猛的回想起一切似的，立刻充满起再也无法消除的巨大疑问来："对啊！这实在是奇怪，你们说是不是？"火车缓慢地减速，他们敏锐的脚底神经末梢仿佛经过训练似的感觉到了这一点。情况不太妙。如果一定要停下，他们宁愿——自从逃难队伍当中某个旅行经验丰富的中年商人阐述了这一理论之后——宁愿来个急刹，也不愿它一点点地慢下来，因为——中年商人说——急刹只不过说明前方轨道上临时出现了一些状况，而这总会得到解决的；怕就最怕它是缓缓地停下来的，那很可能是火车上的煤烧光了，再也走不了啦。

一个脏制服脏手套的司炉模样的家伙从车厢那头挤了过来，满头大汗。"嗬！让一下，前面的人！"他斜挎着一个褪色的黄布包，不断地用双手将眼前和两侧的人都往后拨去，各种铁质工具将包撑得鼓鼓的，很似一个人皮肤底下隆起一些坚硬而难看的瘤子。"让！让！让！让！让！"他一口气连喊十几个"让"，之前喊得很慢，前进的速度也慢，随着他喊的节奏的加快，他在人群中穿行的速度居然也变快了起来。在这堆身体与身体之间，只要出现一个门缝宽的缝隙，也会被他眼疾手快地撕裂，瞬间撑开一个足够他稍稍佝着的高大身躯钻过的洞口。他刚一钻过去，洞口又自动合上了，简直不留半点空隙。这种情况他之前已经看到过了，所以现在他只管一路艰难地穿过，而决不回头，因为每次回头他都不禁犯晕，不知道自己是如何从稠密的人堆那头走到这头来的。"浓得就像糨糊！"他在喉咙里这样嘀咕了一声，显然对被派上这种差事而深感倒霉。但一想到自己此行的目的，那项特殊的任务，似乎就是为了惩罚这些多得令人恼火的人，心里又感到了一些宽慰。半个小时后，他到达车厢的尽头，松了一口气。一个傻大姐一样的男人，头上系着一块半新花布的农民正好站在那里，对他投来不满的目光。刚松了一口气的司炉心里感到一阵寒意，脖子部分顿时僵硬起来。他马上想到这个农民可能已经用这种目光盯了他半个小时了，从他大声嚷嚷着从车厢那头像拨玉米秆一样地拨着这些难民开始，他就盯上他了。他飞快地假装环顾四周，一扫而过的眼光在那个农民的脸上停留了一下。他心里有了分寸：对方毫不保留地表现出来的是一种最简单的愤怒，没头没脑，一股不懂得任何装饰的怒火，令人讨厌，丑得要死。"就因为我必须从那头挤到这一头，所以他就恨我，他妈的。"司炉决定教训一下这个大胆的愚昧的农民。他眨了眨因劳累而酸痛的双眼，在脑子里过了一通十分提神的高压电流，将目光打开了，这目光像刷油漆那样把农民从头刷到脚，又上下刷了好几遍。这个可怜的农民顿时仿佛浑身上下滴滴答答地往下滴着未干的浓漆，凝在了那里，但是他马上将身子抖了一抖。这时，司炉看到这个敌手身旁像只病母鸡似的蹲着一个抱着婴儿的脏兮兮的女人，正吓得发抖。她将目光小心翼翼地绕过司炉的身影，然后毫无分量地仰望着头顶上的丈夫，这目光像一股失去了动力的喷泉，没升多高就全部稀里哗啦地跌落下来：这目光还不够触到她丈夫的下巴尖呢。没有办法，心虚的女人只好用两个手指头轻轻地去扯她丈夫的衣袖，这一扯仿佛拉了这个男人身上的什么开关，他似一部沉睡的机器，马上开动了。"出了什么事？长官，"农民冲着司炉问道，语气里夹着一股讽刺般的、被过分强调的尊敬，"要多久这火车能跑起来？"然后，非常戏剧性地，司炉的脸马上笑开了，这些甜蜜的笑意宛若随意堆上去的黄黄的奶油，将他的整张脸变成了一块让人垂涎的蛋糕。农民的表情也跟着起了变化，先是暴露出他内心那简单不已的惊讶，紧跟着——从那一脸寒酸相可以看出——他饿了。"老兄，你看。"司炉将宽大的手掌搭在了这个饥饿的农民肩上，并低下头，凑在他脸旁说："现在出了一些麻烦，不过都很好解决。我只不过，需要有人帮我一把。""我吗？"这个农民受宠若惊地将头猛的一扬，暴露在空气中的激动的舌头差一点舔到了司炉的脸上。司炉适当地将头往后一缩，像是为了全面地审视眼前这个人，而不得不和他拉开一丁点距离。望了他几秒钟之后，司炉郑重地点了点头："来吧。你来要比他们好。"听到这话，那个一直忐忑不安的女人一时也来了劲："办好了事情，这位长官会给咱们好处的呢。"司炉说："你真聪明。"农民贪婪地搓了搓手。

司炉将车厢门打开，他和那个农民一块下了火车，领着他走到最末一节车厢跟前。"就是这里出了问题。"司炉跳上了两节车厢之间的连结处，站在如同树权般粗大扭曲的车钩上,"这里有个螺丝出了挺大的问题。"司炉指着脚下某个巨瘤似的部件说。农民站在没及脚踝的草丛中,仔细地看着对方的每一个动作,生怕漏掉了什么必须领会的:"你要我做什么?"司炉望着最末的车厢,沉思了一会儿,然后很干脆地说:"你上那个车厢去,务必要找到车厢负责人,他穿跟我一样的制服。他会告诉你怎么做的。快快快!"农民迟疑地走近那车厢门,最多只是嗅了嗅,手指都没有碰一下门的拉手,他无奈地望向司炉:"门打不开!""笨蛋,爬上车顶去。你要找的负责人才不会挤在车厢里面活受罪。"农民果真爬上了车厢顶部,那上面的乘客合力把他拉了上来,并将他团团围住,七嘴八舌地问他火车出了什么状况、什么时候能走,因为他们刚才一直看着他在跟一位火车上的工作人员交谈。那个农民呢,受到如此对待后,便飘飘然起来,还以为自己真的知道这些问题的答案呢,他跟那些人说:"一个螺丝出了点毛病,这很正常。我马上就会修好它。我要找这里的长官。"那些人嚯地喊开了:"长官!谁是这里的长官?喂!"

司炉蹲在连结两节车厢的车钩上，从黄布包里取出大号的扳手和锤子，三两下就将那颗手臂粗的螺丝卸了下来，扔进了轨道一侧的稻田里。这样一来，最末的这节车厢就不再和前面的车厢有任何联系了，当火车开动时，这节车厢将被遗弃在这里，车厢里的难民只得自己想办法离开。车上燃煤的不足，促使上面的头头们不得不作出这个决定。这是他们第一次将一整节车厢抛弃，不难想象，随着燃煤的继续消耗，地势不断增高，他们还会第二次、第三次地这样干。"我们只能顾全大局，不丢掉一些，全都别想走。"一个土匪出身的部队长官，同时也是这列火车上的最高指挥官在餐车的会议上这样说道，"我不希望再听到任何反对的声音，这样又不会要了他们的命，你们紧张什么？"指挥官慢腾腾地点了根烟，示意下属们可以说话了。"逃难撒，逃到哪不是逃？现在形势这么糟糕，多搭几天车也未必安全哪！""本来嘛，待在车上，他们肚子都快饿扁了，下了车，他们还可以进山去打点野味呢，哈哈哈！""……那好吧，"这人发言前狠狠地给了他的同僚一个白眼，"但愿这对他们不算太坏，只要他们能和亲人待在一起。""在一起的嘛，他们不是一直在一起吗，啊？"

司炉有些闷闷不乐，他往回走。从黄布包里掏出两把信号旗，朝车头方向用力舞了舞，他本身不是干这个的，所以挥舞得很不像样，站在车头守望的列车员满脸疑云地朝他摇了摇头，表示不理解他的信号。"开车喽！"司炉干脆将双手做喇叭状凑在嘴边，冲那个笨头笨脑的列车员猛喊一声，喊完又热烈地作了一个轰他走的手势。这下，整个火车上的人都声嘶力竭地喊了起来："开车了！开车了！""爸！妈！快上来，要开车了！""快去喊他呀，叫他别往林子里跑了，快去呀！""你搞哪样哟！快死上来，车要开了，你跑得过火车吗！你不想要我们啦？"各种各样的喊声从车尾一路漫延到了车头，那些五指叉开的手朝四面八方挥动，像一些被拔光了羽毛的鸟儿在车厢顶上、车厢壁上狭小的车窗外，甚至从车厢底下车轮与车轮的空隙之间探出，没头没脑地扑腾，因为当时很多耐不住性子的乘客不顾家人的劝告，把那些家人留在车上，独自下车来呼吸新鲜空气，自由自在地散步，甚至大着胆子走到二十米外的树林里去看看是否有日本人的马蹄印。这些人全都朝火车奔了过来，他们有的从司炉眼前跑过，有两个戴着眼镜的气喘吁吁的老头竟然还有时间问他——也许是因为看到他没有跑——"这次不是谣言吧？你是列车员吗？"司炉边走边笑了笑，故意作弄他们似的说："我是开火车的。"

似乎在火车开动之前，所有下车的人都顺利地（虽然有点狼狈）爬上了火车，回到了亲人中间。所有人都安静了，等待着开车，但是一声汽笛打破了这片沉寂，他们——这些并没有失去亲人的人们——开始欢呼起来。最末一节车厢的人也在欢呼。火车移动了（像是向地下陷进去了）一厘米，这种陷落又被某种更坚实、令人放心的力量托住，并顺手将其中的一个铁轱辘轻轻一拨，火车就稳稳地朝前驰去了。"哦嘀~~！！"

司炉走在车顶上，还是听到一些人在哭泣：他们的亲人没能及时地上车，留在了树林里。他们大声毒骂那个开火车的，忍心将一家人拆散，永远不得团聚。让他生个儿子没鸡鸡！让他全家叫日本人给烧死！他对此并不感到惊讶，失去亲人的事情在这列火车上不断地发生，前面好几次停车都出现过，总有那么一些人不吸取教训，也许他们是真的不想再跟家人在一块了呢？要不，为什么别的家庭中只要有一人想下车去，就会把全家都叫上？

就在司炉眼前，路边一根斜伸出来的树枝将一个高个子扫下了车顶，立刻头破血流了。那根干枯的枝桠也因此被撞断，掉落下去，落的位置比尸体稍稍靠前。一个女人哭喊起来。司炉从那披头散发的女人身边走过去，他一边走一边继续发挥刚才的思想：何况——小女孩坐在车厢顶上，她尽量坐在这两米多宽的正中央，亲眼目睹那个高个子从眼前掉落，一分钟之前他吃完一个又干又硬的大馒头，刚站起身来，就被那根木头击中了后脑勺，这一幕让一整天都在胡思乱想的小女孩的思绪突然如珠子断了线，组成那个刚刚闪现在脑子里的句子的词汇就像滚落的珠子，哒哒哒哒全跑了，她只逮住了其中一个："何况"——何况在这列火车上每天都有人死掉，她随手用眼前发生的事为这词造了一个句。刚才就死了一个，她又在脑中说了这一句，仿佛为了摆给谁看她并不是乱说的。那天也死了一个——她还没完了——那些可怜的人紧紧地缩在木板上，那些木板呀，是谁搭在车厢底下的，很多人睡在那里，火车猛的跳了一下，感觉从什么东西身上碾过去了，后来爸爸说，是睡在木板上的一个人被卷进了轮子底下。这火车让人坐不下了，所以才有很多人睡在那里的，就跟我们坐在车顶上一样，是一样的。她扭头看了爸爸一眼，完全是因为她想到这件事是他告诉她的。爸爸蹲在她身后，紧紧地搂着她，她则俨然一个大人似的从背后抱着妈妈，因为妈妈总是哭。"她总是哭。"脑子里那个不知疲倦的声音又说起话来。小女孩叹了一口气，同时用她的小手在妈妈肩膀上轻轻地拍了一下，告诉别人，说的是她妈妈。"因为弟弟们。"她指出了原因，快乐得暗自颤抖。我想他们了，虽然跟他们在一起我很烦，总要跟他们争论男女平等，而且老是说不过他们。他们一整天冲着她叫嚷："男女平等？休想！休想！"说得她很伤心，要是不平等，这辈子可没劲啦。可毕竟是你弟弟，何况……她警惕起来：好像刚才！马上令她烦躁到极点，因为差点抓住了一点东西，因为太熟悉而显湿滑，在脑子里离她眼睛最近的一块地方闪现了一下又消失了。"你想不起来，你想不起来，就是想不起来。"她气死了，一声不响地伸出双手，在空气中东抓一把西抓一把，像在跳舞。"你干吗？"爸爸扶住了她的小屁股。

爸爸现在是一张大花脸。他把两个女人——她在他眼里也是个女人——保护在怀里，帮她们挡住了所有的煤烟。那煤烟从火车头的大烟囱飘过来，风一吹就变成了许多朵乌云，笼罩在车顶上，往人们脖子里钻。"姑娘家脸上沾上这东西就不漂亮了。"他不时地用衣袖抹着脸，让小女孩看他现在的样子多么滑稽。小女孩叫她爸爸也该哭一哭，这样就可以洗干净脸了。洗干净干吗？这样别人看到你就不会认不出来了啊。她咯咯地笑了，想到一个跟爸爸很熟的人站在他面前，竟然认不出来他的情形。"嗯，有道理，"他表示赞同，"我得向妈妈取取经才行。"因为她总是在哭。"想想你那两个变成了孤魂野鬼的儿子吧，你就知道怎么哭了。"你干吗说这种话？他埋怨那位一直在暗中埋怨他的妻子。你想让女儿这么小就烙上罪恶感吗？这位知识分子，压低了嗓门威胁她说。接着他恢复了正常的声音，女儿难得露出笑脸，你干吗提那些不愉快的事？"不可能再愉快！不应该有愉快！你看看这车上，谁愉快啦？"他低下了头，咽了咽口水：都给我哭，给我哭吧。他自己也流下了两行泪。小女孩倒是急切地想看到父亲洗过脸之后的效果，她觉得哪怕是一丁点泪也是有用的，现在他更像她的爸爸了。

"陈先生？"

这时一家三口下了车，正沿着各节车厢漫无目的地走去，活动一下腿脚。火车停了两个小时了，小女孩嚷着要下车走走。

"陈先生！"

小女孩就一个劲地观察爸爸的脸，在父亲和那个脑袋上缠满了白色绷布的伤兵隔着一米多高的距离热烈攀谈的时候，她觉得爸爸的脸洗得真好，要不然谁认得他。

"陈先生，你是陈先生吗？"那个伤得好像散了架的人，伏在车顶上。

"你认识我？你是哪位？"父亲仰着脖子好奇地问他。

他说："我是曾连长的部下，你的两个娃仔被我们曾连长找到啦，你快去曾连长那里，你的两个娃仔找到啦。"

"你们连长现在在哪里?我去哪里找我的孩子们?"

"桂林,在桂林!"*

2008年,成都

---

* 本篇根据琼瑶自传《我的故事》中《投河》《难民火车》两章而写。

你从哪里来？

白天的十点半，卷闸门轰隆隆地响，这排门面经常最晚开门的一间也开始营业。

我拍干净手上的铁锈，将包往柜台上一搁。可能是我来得太早，我感觉等她来店里，等了很久。等了很久之后，她才出现。我也不是干等着。这本来是她做的事，但我那天却帮她擦起货架来。我打来一桶水，把抹布扔进桶里时，还望了望街上她经常出现的那个方向。结果我快干完了，她才慢吞吞地走来。她看上去很不对劲。

"怎么现在才来？"我忍不住问了她一句。她更加不对劲了，什么也不说，冷着脸，拖出把椅子坐在柜台前，椅背抵着柜台，叉开双腿冲着大门口；她穿的是牛仔裤。她坐在那里,还是那样冷冰冰地说,你放下,让我来做。我蹲着用一只脚把蓝色塑料桶勾过来,洗了洗抹布,一边擦货架一边说,不想干就别干。我提起塑料桶,将脏水泼在店门口的人行道上。"不相信我就另外请人!""谁不相信你啦,真是好笑。""那你给谁脸色看?""我给你脸色看了吗?"我提着桶笔直地站在门口,"我怎么觉得是你在给我脸色看。"她不说话,目光直直瞪着我身后。我把靠门口右边货架上的衬衫取下来,挂到最里面去,从地上的黑色麻袋里取出昨晚刚到的新款式,一件件挂在腾出来的位置上。我将衣服挂完,她也没再作声。黑色麻袋软趴趴地瘫在地上,和一些乱缠着的红色尼龙带……她已经站在我身后了,等我一走,就将这堆乱七八糟的东西捡起来,揉成一团用两只手捏着,走进后面的杂物间去了。她在那里再也没出来。我到门口的水龙头底下洗拖把,甩干了水,拖起地来。我从里面开始拖,隔壁店里的卢老板走进来,我说:"你别进来,在拖地。"他跳起来,踮着脚尖,又冲着我说:"你叫什么叫,我站这里还没拖嘛。"我没有搭腔,倒勾着头朝后瞟了瞟他的脚,白色、擦得光亮的皮鞋。他瞪着我说:"生意好吗?""还没开张。""没生意拖什么地?"他转身回去了。拖过地,将拖把挂在卷闸门边,我洗干净手,不忍心再进去,就站在外面往里望,小门口露出了她的绣花黑布鞋,但很快又闪了回去,再也不露出来。等地干得差不多了,我才进去,白色的地板砖上还是留下些浅褐色的鞋印。

这时很安静,我将椅子拉回柜台后面,坐下打开了电脑。无意中看到柜台的玻璃下面压着我自己的字迹:保证每个月10号按时发工资。10号是昨天,我忘了。我站起身,侧着脸朝里面喊:喂。她没答应。我看到右边一条牛仔裤,快从衣杆上脱落下来了,就走过去,把它取下,重新挂好。我走过去时,站在那里,提高了音量:"昨天事多,我忘了,别生气啊。"这时,她带着哭腔,也大声地喊道:"我不是为了那个。"我手里抓着那条牛仔裤,无话可说了。

于是,走进来一个顾客,他的影子先进来。人站在门口,好像突然又不打算进来了,他用手指着我说:"怎么是你啊?"我说:"怎么是你啊?这么巧的呢。"他说:"你买裤子?"我赶紧将手上的裤子贴在腿上,翻来覆去地比了比,"是啊,你也来买?"

他客气地笑了，用右手将夹在左腋下的公文包接了过去："没事，瞎逛逛。"我说："我也是没事乱逛。"他像军人似的来了个向左转，十分从容地指着街对面停着的一辆白色富康说："那太好啦，咱们找个地方叙叙旧！"我愣了一下，放下了裤子，"这……不太好吧？"他就快步走进来，在地板上留下一串很难发现的鞋印。他拉着我的手腕："你看，咱们多久没见了啊？"我算了算，说："差不多四年几个月了吧……"他说："哎呀，不是问你多久没见了，我是说，今天太赶巧了。这机会不能浪费，你说对不？"我被他拉上了车，丢下空荡荡的店。

我上了车。就坐在他旁边，副驾驶的位子。他发动了车子，"去哪？"他问，车却已冲出去好几米远。"啊？你说去哪吧。"我说。

"我这破车，座位硌屁股吧？"他望着前方。

"不硌，"我说，"挺不错的。"

"我还要买一辆车，本田。"他摆过头笑了笑，"我已经看好了，下礼拜去交钱。"前方是红灯，他停下车，手指在方向盘上敲着节拍。

我说："这里就不要停了吧，向右拐，红旗路上的中国银行旁边有家西餐厅，我请你吃点有特色的。"

车子又是猛的跃了出去。

"你开车好快啊。"我盯着挡风玻璃前不断卷上来的路面，说道。

他哈哈笑了笑，说："习惯了。"说完，他又用力踩了踩油门。这时中国银行在靠他那边的车窗外一闪就过了，他一个劲地往前开。

他说："昨晚很晚才睡。"顿了顿又说，"犯困了，开快车提神。"

我说："你当心点。"

速度一下减了许多，但还是不慢。他说："这里是红旗路了吧。你说的那家餐厅快到了没？"他将车窗摇下来，探出头去张望。

我说："已经过了，你开得太快了。"

"过了？在后面？"

"是啊，"我说，"刚才就过了。"

他从方向盘上抬起一只手来，使劲地挠着头。"那家餐厅好不好啊？"

"还不错。"我说，"我去过几次。"

"那你等一下,我在前面掉头。"他说。

"你等一下"——听起来就像是叫我下车去等他。可是他并没有放慢车速。后来我还发现他爱说:对。那是到了餐厅以后,他开始不停地说:"对。"

我们一进餐厅,就碰上了负责二楼中菜部的经理。他正从楼梯走下来,那高高瘦瘦的身躯显得重心不稳,长长的手臂摆来摆去,走钢丝似的。他一见到我们就冲着我打招呼:"早啊。带朋友来吃饭?"

我低头看了看我的鞋尖,在楼梯上跟他会了道,却没停下。我继续朝楼上走去,一边回答他:"我老同学,大老板。"

那经理在下面大厅里敞开嗓门应付道:"哈哈,请大老板来我们这里吃就对了。"

我们都没理他,上了二楼,碰到一个服务员就说:"两个人。"她说两位是吧,这边请,把我们带到一张右边靠窗左边挨着一棵要两个人才抱得过来的水泥树的小方桌旁,共四张木椅,她拉开靠水泥树的两张,拉一张就说一声先生请坐。

这时头上嗡嗡作响,抬头看时,整个顶棚上的灯管先后都亮了。我不由得看了看服务员,她正站在我面前,第二遍请我坐下,而不知道我为什么看她。

"我们还是靠窗坐吧?"我说。

"对!换换。"他也说。他将腋下夹着的公文包放在服务员拉出来的一张椅子上,并自己动手拉出旁边的椅子,沉沉地嗯了一声,坐下来。他坐上车的时候,也这么嗯了一声。

"两位要不要先喝点什么?还是现在就点菜?"整个店里就我们两个客人。

"先喝点什么吧。"我和他几乎同时说。

"喝点茶。"我又赶紧补充。

"你呢?茶还是别的?"我又问他。

"茶吧。"他愉快地说道。还拍了拍支在桌棱上的双手。

服务员端上了茶,在这之前,我们都没说什么,因为两个人都拿出手机来看。他好像是有人拨打了他一下,又挂断了。而我,看到他拿出手机,便也拿出来划弄划弄。服务员又下楼去了。我跟她说,我们想点菜的时候再叫她。

我把手机塞回口袋。他有些疑虑地说了一声"不管它",之后也将手机装回挂在腰带上的黑色小皮匣里。他穿了一件不知什么牌子的蓝白细条纹的长袖商务 T 恤，有点像我店里卖的那种。

我端起茶杯，说："喝茶。"我喝了一口，说你胖了嘛。

他说："对。"皱着嘴皮匆匆地碰了一下茶，又放下，"没胖什么。"

他说："我前年的时候才叫胖，肚子都开始现了。去年又奇迹般地瘦了下来。"

"你看我这手臂。"他拉了一下袖子，给我看他的手臂。

我看了看他的手臂："是吗？"他早已把袖子放下去了。

"你从哪里过来？"我问。

"从老家，过来搞一个项目。想不到在这里碰到你——你从哪里过来呢？你住在这里了吧？"

"唔，是啊，我暂时在这边待着。"我说。

"成家啦？"他自然会这样猜测。

"还没呢，光棍一条！"我"嚇嚇嚇"地笑起来。

"你小子。"他用食指指着我的眼睛，晃了两下。"哎呀，班长都已经当了爸爸。"他将背靠在椅背上，点我的那根手指也随着身子这么往后一仰，就指到了天花板上。那是一只软绵绵的手，在日光灯下显得有些甜腻。

"他在学校就差点当了爸爸。"我平静地说。

"对。"他将手放了下来，按在桌子上，身子还是那么向后靠着，耸起的肚皮起伏了几下，我这才发现他在笑。"他是厉害。"他说。

"你呢，结婚没有？"我也问他。

"我？还没有。"他说。

他又说："那你做什么呢？"

我撒了个谎，我说："还能干啥，咱们学的就那专业。"

"对。"他坐正了。从这时起，他就不停地用一副很认真的样子喝茶。

"我也帮别人干了两年，实在受不了那个，整天低声下气，我现在……"他拿出手机来看了一下，"妈的，我还以为手机响。"他又放回去，喝了口茶。

"哦！"我赶紧掏出手机，看到屏幕亮着。我指着手机说："是我的，短信。"我盯着屏幕，头顶的冷气忽然吹了一些到我头上，这时屏幕已经暗了，映出我的脸，我看到我的头发在动。我又按了一下键，屏幕一亮，我那张黑的脸就看不到了。

"不好做啊，做什么都难。我辞职后捣鼓兔子，就是养长毛兔来卖，剪兔毛卖，也卖仔兔给别人去养，亏了老本……"

我看短信的时候听到他这么说。是店里那姑娘发来的："吃饭了！老板！"我疑心老板这两个字是她想了想再加上去的。

我将手机装回裤袋，看到他正在喝茶。因为杯口太小，为了让嘴巴探进杯子里，他连两条眉毛都竖了起来。他喝了有一阵子，直到嗯了一声，才将杯子从脸上移开。

"对，"他接着说，"那年头，亏得我直想把爹妈给卖了。那些人从我这里买了小兔子回去，养大，就把我生意抢了。后来，一个朋友借了笔钱给我，我还了债，剩下的买了辆东风牌，给人拉砖头。就这样认识了一个搞工程的博士生，跟他学了不少名堂，也慢慢地搞上了。"

"不错嘛，"我说。"蛮好的，真的挺不错。"我说完又点了点头。点完头，我就望着他的眼睛。

我把两只胳膊平行地摊在桌子上，手臂裸露着，桌面的玻璃凉透了。手掌也平直地摊开，伸过桌面一半，都伸到他杯子底下去了。

餐厅的天花板里隐藏着的喇叭缓缓地播放着流行音乐。他低着头，沉思着。嘴里情不自禁地跟着曲子的旋律哼了起来。他一边喝茶一边哼着曲子，时不时将茶叶吐在茶杯里。我仔细地听他哼，他哼的是别的曲子，后来我竟认为是喇叭里的歌手唱走了调。他用两根手指在桌面上敲着，轻轻地敲着。他的指甲方方正正，又宽大又威猛，像拿了两块砖头在敲，有几次都敲到我手背上了。但他却没看我的手。他用斜向下的目光出神地瞪着我背后的什么东西。

"这桌子应该很脏吧，很多油的。"他突然说道。

"应该不脏吧，他们每天要抹多少次，都要用洗涤剂来抹。"我说。

他又说"对"……他说："你有没有发现，我们读大学时，那宿舍其实是很脏的，你们宿舍还好点，离厕所远些，而且你们寝室里那个义哥很喜欢搞卫生。我们宿舍，他妈的简直就正对着厕所，住了一群好吃懒做的人，一年到头连扫把在哪里都不知道。"

"可是，"我提醒他，"那些女的都喜欢去你们宿舍，我们那里又没女生去，又他妈的特别干净，显得更加的冷清。"

他看上去颇为得意，但是又有点遗憾，他说："但是那些女的也从来不帮我们搞卫生，她们来来去去的，把我们那里当旅馆了。"

我尴尬地笑了两声，摊放在桌面上的手抬起来，拿起茶杯旁边的一包餐巾纸，抽出两张叠在一块，使劲地抹着桌面上的玻璃。抹了一会儿，我将纸巾翻过来瞧了瞧，又递给他看："看，挺干净的。纸还是白的。"

他点点头，接着说："我们班那几对，好像只有许志群和全教美结了婚。别的，都吹了。"

我继续抹着桌子，吃力地说："这，看，得，出，来，的，嘛……对不起。"我将纸往脚下一扔，赶紧去掏手机，"你业务挺忙……"他喉结在皮肤底下翻了翻。是店里的姑娘打来的，我接了，同时我示意他我要到一旁去接听。没看到他有所表示，"喂，我在外面……"我一边说着，也不再等他的反应，就慢慢地向大厅中间走去，"跟一个朋友，"我大声地说，

"老同学，很久没见面……挺意外的……对对对，我请他在外面吃饭……"其实，电话那边一直没说话，只有清脆的叮叮声，是筷子敲在空碗上的声音。这时我已经走到楼梯口了，我再也没有回头，并不确定他是否正在看着我，我说："喂，我知道了……其实我都知道。"我自己把电话挂了，又往下走了十几级楼梯，一个人也没碰到，这才将手机从耳朵边拿开，装进裤兜里。

我出了餐厅，跑了几步，流出汗来。赶紧拦下一辆的士。

车子不紧不慢地开始滑行，接着加油，速度也加了上来。司机"咚，咚，咚"连换三个挡，路面传来均匀的"嗞——"的声音。

"外面热吧？"司机问我。

我说："热。"

到了广场，我说："再往前面开一点点。"

再往前开了不远，就看到我的小店了。我看到她站在店门口，脸上带笑地望着大街上；店里一个顾客也没有。我没喊司机停下，而是随他再往前行驶了两百米。我看到一家书店，说："就这里停吧。"

司机停了车，在我掏出钱包之前，递给我一张名片，说："这是我电话……"我接住了，说："好好，以后打不到车就找你。"

下车之后，直接走回了我的店里。我慢吞吞地走着，这是一条笔直的街，我在面包店门口就开始望见我的店了，那时远远的只能看到很小一块白色的菱形空间，挤在变得扁平的卷闸门里面，边沿染上了门框的铁锈色。走近之后，才发现那是卢老板的店，由于太远我看错了。我看到小姑娘还站在刚才的位置，目光还是一模一样的角度朝前望去，像是被什么吸引住了。我发现她一条腿绷直地立着，另一条腿弯曲，交叉靠在那条直的腿上，脱了黑布鞋，脚板踩在鞋面上。

她一扭头看到我走来，脸上的笑容马上不见了，光着的脚丫子麻利地钻进被她踩扁的布鞋里，很小声地冲我说了一句："吃饭！"就转身朝柜台走去。

我背对着店门，环视了一圈：街道，广场，天空。我是倒退着，缓缓地走进店里的。

2007年，金华

海礅明

去的时候，我已经告诫过自己了，千万不可嫉妒。要预防这种不好的情绪。如果对一个干得比较成功的同行产生了嫉妒，我就完蛋了。我只告诫了一次，没有反复告诫。但是这样一来，我已经没有任何可能去嫉妒他了。我很高兴，也很紧张。我乘地铁去的。上了地铁后，就站在列车的门口，守卫着那小块方便我一步踏下车的地方。

列车移动，匀速，我见过的最好的匀速运动，刻着站名的一大块花岗岩（表面光滑）移到我眼前时，我从容地下了车。这个站名叫海礅明，正是以他的名字命名的那一站，凹刻在地铁花岗岩上的笔迹也是他亲自挥就的。他的书法显得调皮，跟专业的书法家不同。我下了地铁,只顾站在那里,欣赏着"海礅明"三个字的笔画,轻轻地抚摸着花岗岩光滑的表面,心里思忖着:真是少见的天才哪。

接下来,在一间地上堆满了薄薄的书籍的凌乱屋子里,我见到了海礅明,他们一共有四个人,一个个表情稳重,绝对无可能做出什么幼稚的事情来。但是他们的形体却放荡不羁:比如说他们的手,都像扭曲的、生命力旺盛的树枝一样在空中时而舒缓时而迅疾地挥来舞去。这些人看上去都是那么有才华,以致我不敢确认哪一位才是海礅明。但是我知道,四个人里面至少有一个是他,因为这确定是他的斗室,根据是:

一、位于海礅明地铁站附近;

二、(我通过媒体的介绍早已得知)他只读薄的书。

海礅明比我还小两岁!但是他悄悄地写出了全中国最好的短篇小说。这不但是圈子内公认的,也是被我承认的。我心甘情愿地承认那顶桂冠应该属于他,正是这样,我才会乘地铁来拜访他。

他接见了我,极有可能仅因为他不可能再像以前那样（在他还未成名之前）把一个两手空空、紧张兮兮的访客赶出去。好吧，他接见了我，但是无动于衷。四个人全都是那样——无动于衷。他们在谈论海礉明简洁枯瘦的文风将会产生的可怕影响，那恰似在天花板的高度强烈爆炸的巨大气泡——因而他们的发型全都乱得极具个性，但头发可以保证是干净的，就像起床后还仔细地洗过。这让他们的才华也兼具了干净的效果，因为他们内心善良，人类能善良到什么程度，可怜的他们就有多善良。他们全都是艺术家，手指纤细，一尘不染，在激烈而沉稳的争辩的间隙，他们（每人占着一尊咖啡色的根雕茶几）用短暂的耐心泡着功夫茶，执头大镊子夹起小白瓷杯啜饮。

四个可爱的年轻人。同时又才华横溢，外表嘛，全都英俊！我已经傻坐在一旁有一阵了，脑子里却早已放弃了去辨认哪位是海礉明。

这时，海礉明（我以为是）站起来，指着坐在最角落里那个正在往茶壶里一颗颗丢茶叶的小子说："你是来找海礉明的吧，他就是。"我对自己略感失望，我原以为谁第一个站起来，谁就是那个短篇小说写得最好的人。然而真正的海礉明却冷静得头也不

上图 - 站内过街隧道（彭剑斌摄，2008.8.16）
下图 - 出口拱廊跳蚤市场（彭剑斌摄，2008.3.6）*

---

* 当天的日记："见到了海礅明，回来很晚。
　"我后来再也没有发现过等待我描述的事物，是我自己在等待，
　等待事物的出现。"

抬。他轻轻地用一根橡皮筋将茶叶袋的袋口扎起来，放在一旁，说："都是自己人，不必拘束。"我感觉前半句是对那三个人说的，后半句才是对我说的。正这样想着，心里失落到了极点（至于嫉妒，果然丝毫没有，我已经连嫉妒的资格都被剥夺了），海礅明却站了起来，朝我走过来。

也许是人都知道了，我却是现在才得知这些情况：当我跟随海礅明本人走出他斗室的门口时发现，他住的地方正是属于地铁站里的某间杂物室，而媒体则一直神秘兮兮地称这位大师常年蜗居于简陋的地下室。"我每年都交给铁路局600块钱的房租——基本上是我一篇小说的稿费。"海礅明用平静得就像弥漫在地铁里的阴湿空气一样的语调说出了这个情况。我心惊肉跳，怎么可能，我们刚刚相识，他却像朋友一样向我透露了这样一个有着强烈的个人色彩的信息，如果他不是太幼稚，就是太聪明。对我这样的人毫不设防，主动消除隔膜，这正好说明了他是大智若愚。但是，我必须也得想到，这并不可能是什么一手资料，关于他向铁路局交房租这样的事，没准他的成千上万的粉丝们了解得比他本人还清楚呢。他们还知道

"海礅明"是位于四号线往北方向的倒数第二站，如果运气好的话，在那一站作短暂茫然的逗留，倒会遇上这位正上完公厕回去写作的小说家，但他的签名是绝对要不到的，他对他们说："我的签名？在那块花岗岩上了呢，你搬回家去吧。"一位年轻、正直、风趣的大师。他今年才二十四岁。

我跟随着他，穿过长长的、空寂的站台，穿过雷同、有着相同时间间隔的柱子的阴影，而我呢，甚至还得一次次穿过他时明时暗的空无防守的面孔。最后，我和他一块跳下铁轨，在铁警发现之前，跨过轨道，钻进隧道对面壁上的一扇小门。那种门每隔一百米就会设一扇，一般是用来放消防器材或暂时存放卧轨者尸体的。但是这一扇——他有这扇门的钥匙——却通向明亮的地上世界，我们通过它钻出了地铁站，像是老鼠钻出了洞口。

"一边是地铁，一边是城乡结合部。"海礅明开玩笑地说。可这并不是一个玩笑。我们脚下是一大片呈现出某种凌乱扭曲的规则的青砖平房。我尤其喜欢那些纵横交叉的小巷子的坡度，因为这些房子不是搭建在一块平地上。密密麻麻的炊烟正透过瓦片间的小

上图 - 站外山坡（彭剑斌摄，2008.5.22）
下图 - 建站以前的旧貌（资料图片，海礅明提供）

裂缝弥漫和凝固，均匀、也许还飘向了上空……青色、无声、天空中的光朝着巷子的顶部倾斜。

走在巷子里，两边的墙壁像一个个沾满灰尘的纵剖面，下面是青砖，腰部以上是平整的巨大石块，接近顶梁的时候又换成了青砖。看来，这些建筑砌得太过随意。伸出的脚步感觉到地势的下沉，而不是别的……

这漩涡般的小巷子将我们带至一片开阔的圆形空地，密密匝匝一圈一圈的小青砖铺在地上，缝隙间冒出一些油性小植物。摆放的圆桌子都是白色的、镂花的、铁的。不少人围成圈坐在那儿。一个典型的傍晚。有落日，有微风、广场和人群，还有海礅明——差一点就忘了！

我的痛苦拉开了序幕——

2008 年，柳州

祝君晚安

GOOD NIGHT
祝 君 晚 安
——宾馆床头标示语

我的女朋友拿到车票后，突然尿急。像她那种粗心的人，怎么能一下子找到候车室的厕所呢。所以她只能像热锅上的蚂蚁一样在候车室里钻来钻去，她粗心到从吃完早餐到买票前这一大段时间里竟然忘了自己要小便。是的，吃完早餐时她就应该去尿一泡的。她总是不注意自己的习惯。当她从洗手间出来，并且耐心地照完镜子，才发现已经过了开车的时间。超过了一分钟。她不知道车子会不会等她，她没命地跑了起来。检票口有一道矮小的不锈钢栅栏，她看到前面一个同样匆匆忙忙赶车的男人正在拉开栅栏。男人在她前面，距她有五步之遥的样子。"不要关上！"

我女朋友情急中喊道。她现在倒是想节约每一秒钟。可那男人（从背影看，像极了老实又冷漠的乡下人）根本没听她的，出了检票口之后照样把栅栏给拉上了。我女朋友气得心脏一阵钻痛，随之脱口骂道："你妈呀！"

那乡下小伙子跑着跑着就慢了下来，他似乎在犹豫着。最后他完全停在了那儿，虽然他还没转过脸来。我女朋友心里不安起来，同时她也看到她要乘坐的大巴正在嘹亮的哨声中缓慢地倒车——要驶出站了。在一阵越来越滞重的不安中，她觉得自己刚才还没有尿尽，她想到要不要再去一趟厕所。可是她并不怕，因为那只是一个乡巴佬。"等等我——"她冲着倒车的司机挥了挥手。那是一个戴着墨镜的方脸司机。

这时乡下小伙子转过身来，把脸对着了她。"你刚才说什么？"他抱着一个纸盒，问这话的时候，干脆把纸盒放在了地上，似乎等待回答需要等好长一段时间。

"你没听到吗？"

"我听到了，就是想看你敢不敢再说一遍。"

不怕，我女朋友想。可是为什么就没有一个人围观呢？她的眼圈红了，真是天大的委屈。再骂他一遍，是愚蠢的，可是不骂，难道她真的不敢吗？"我懒得跟你啰唆。"她撇下这么一句话，心里想，今天就算老娘认输了吧。她必须得马上追上去，司机已经在不耐烦地揿喇叭了。

小伙子不知从身上的什么地方掏出一把黑乎乎的手枪来，对准我女朋友的脑门，咬牙切齿地说："跪下！给我道歉！"

她立马就跪下了。在跪下的时候，她还觉得奇怪：是不是还没弄清楚这整件事情呀，怎么这么轻易就下跪了呢，现在站起来，如何？她没有站起来，自己也说不清为什么……可是过了几秒钟，她吓坏了，她那么庆幸没有由着自己的性子站起来。"对不起，大哥。"她哭着说，"我不是有意的。"她真是丢脸丢到家了。

那人并没拿她怎么样。他抱起纸盒，跑了。我女朋友上了车，她觉得她的膝盖已经离开她，永远留在了车站。方脸司机把墨镜抬了抬，喉咙里干咳了一声。

方脸司机把她带到最近的宾馆后,就开始疯狂地搞她。这完全是她自愿的,他们的交易全都写在了各自的眼神里。出了那件事,她再也不相信爱情,虽然这并不关爱情什么事。她也是这么跟她的情人说的。她这次乘车正是为了背着我去见这位她爱着的情人。她对她情人说(那时她已经在宾馆里谨慎地洗过澡了,方脸司机弄得她一身都是):"亲爱的,我不相信爱情了。"当然她不可能提及那位司机。"我也不再爱你。"她对她情人说,心情复杂得令人担忧。这次期待已久的见面,一开始就让人泄了气。啊,乌云密布的日子哪。

其实方脸司机并没有搞过她,她自己心里很清楚。她藐视这样看她的人。方脸司机纯属无稽之谈。她是说过不再相信爱情,因为她下过跪,在众目睽睽之下。可是,那并不代表她会允许一个陌生的司机搞她。有一天,方脸司机在她洗澡的时候,趁机溜了进来。至少谈了半个小时,她才把他赶出去。她想想都害怕,不明白他是怎么进来的(而刚才还在书房的情人呢,去了哪里?)。一开始,甚至都不认识他了。

他提醒了她："你乘过我的车。"说着又干咳了一声。她说："你他妈的给我出去。"晚上，她让情人搞了她。她对情人说："我不再爱你了。"情人抽着烟说："……"她哽咽着："是吗。"她又一次把自己献给了他，让他来不及把烟头掐灭。

天蒙蒙亮的时候，情人就坐在阳台上等日出了。她和方脸司机则睡在被窝里，一直到太阳晒屁股才起来。什么都没发生，情人温柔地对她说："今天我们乘火车出去旅游。"方脸司机则在楼顶刷牙。她记不起有没有被方脸司机搞过，她暗自着急。

火车太拥挤了，好不容易才找到自己的座位。他们一坐下就想搞。她恨不得把火车撕烂。她看到车厢那头，一个女人的屁股，非常饱满。我的女朋友，装着样子，对她的情人说："出行的人真多啊。"其实，他知道她在想什么。他十分了解她的欲望。她看到他的脸涨得绯红，故意专心地看着一张满是广告的报纸，就气愤不已。她看了看站台上，看到很多人拿着枪，她觉得心情好多了。火车驶离站台的时候，她还以为自己听到了枪声呢。

她惦记着方脸司机，不知道他昨晚爽不爽。他从没对此发表过看法，这也是她不敢确定他们是否搞过的原因。装作什么都不知道，那么大一个人了，就跟小孩子一样幼稚。她想了想，不服气。她想打开车窗，向着铁轨两旁的群山和树木大喊："发生过什么没有？"

她佩服情人的勇气，在火车驶进隧道时，车厢里的灯光仍然亮堂，而他却鲁莽地拉着她一块闪进了厕所。"你确定没有人看见吗？"但是她想要知道的已经不是这个。他们在里面搞起来，比在床上还要舒服。可是要出去时，谁也不敢出去。"你还是男人呢，先出去观察一下。"我女朋友使劲地掐他的肉。

倒霉的情人先出去了，看到一群尿急的男人正在门口排着队。"门不用关上了。"排在第一的西装男彬彬有礼地对他说。

我的女朋友，非常忧郁。火车行进的样子，像是许多灾难来临的脚步。她看到村庄，有种流泪的欲望。她觉得爱情被人们说得不成样子了。

2007年，义乌

Fine, Thanks!

门、窗都是铁的,奇怪的是我有钥匙,进出自由。我有电脑,有书,不止一本,我可以选择上网、聊天、玩游戏,看这本或那本书。桌子上——电脑显示器旁边——堆着十几枚硬币。我们也有钱,不多而已,钱包塞在牛仔裤的屁股口袋里——我出门时你就会看到,鼓起来。硬币只是走到门口时才抓一把在手上,以防突然决定要坐公交车。而每次一进到这个屋子,我就脱掉"外出"穿的衣服,换上睡衣、沙滩短裤、人字拖鞋。

照理说,这里还算宽松,我们也自由。我们——我和女友——从房间里走出去,把门锁上之前相互提醒:别忘了带钥匙。手挽手走下六层阶梯,监督员,那个满眼血丝的老头,坐在铁棚小屋里吹着电风扇,转动着眼球和脖子,看着我们一步一步地走出去:我们出了大门,置身于围墙之外。我们掏出钱来买饭吃,吃的有板栗排骨和女友喜爱的土豆片。如果我们还有别的爱好,吃完饭也可以去消遣一番,比如走进对面那条巷子,再拐一个弯,就到了一片小区,小河边的空地上有单杠、双杠、模拟自行车、转盘之类的简易健身器材。有的人就能在那里耗上整整一下午,直到夜色来临安心睡觉。可是我们从来不去玩。那天,女友说她不想吃饭,我们每天都是在同样的时候吃饭,吃同样的饭。我说,我也不想吃,我们去前面那条马路——那确实是一条马路,而算不上一条街道——走走吧,那离我们站的地方只有一百米,可我们却从来没去过。女友说她以前去过那儿,走了走,一个人。我不大相信她的话,我们成天粘在一块,她不见得有机会到那条马路上独自散步。我们一边聊着一边朝那儿走去。那条马路,笔直地从我们脚下这儿延伸过去,就是那条马路。它就像一块跳板,嗯……一块这样的跳板:上面站了一个胖女人,把它压成了弧形。对,它是有一点坡度,如果我们站在这头望去，我们的目光要爬一个不大不小的坡。当我们的眼睛酸痛，再也望不见别的什么时，我们便可以总结一下那边都有些什么。一个坡，一个红绿灯（像这个地方的最后一个红绿灯），沥青的路面，路两边是另外的围墙（另外的：以区别于我们住处的围墙），然后是蓝色的山峦。那条短短的马路，像身体里的盲肠，挂在那里，实际上不起作用：从来没看到过一辆车从坡那边驶过来，从我们眼前横过的汽车也从来不会突然掉转方向，朝那条马路驶去。啊，可是有一种很大、很特殊的货车，却常常是从那坡顶上出现的，让人防不胜防，这种货车古怪得让你对它的驾驶员产生无法消除的向往，很想挥手将它拦下，同驾驶员同志一块抽根烟，聊上几句……我们就朝着那儿走去，可是我们也不是很想去那儿，要看的我们站在这儿就能看到……至于非要走到那儿才能看到的、坡的那边是什么，对于这个，我们表现出来的与其说是因懒惰而产生的冷漠，还不如说是一种足以让别人在我们面前疯掉的残忍。我们压根就不想知道坡那边有什么。就这样，我们走到一半——其实还不到一半——就没再往前走了。这时快餐店就在街道的对面，我们横过这条街，在饭馆里吃起饭来。

在这个叫嘟嘟的快餐店里吃饭，消费八元就返两元钱的抵金券。这让我感激不已，我们在这里能享受到这样的待遇，这是远方的亲人和朋友们不敢想象的。我每次都要和女友至少消费八元以上。如果算账时只有七元，我就再要一元钱的汽水，顺带叫服务员将那张名片大小的绿色的抵金券也给我捎过来。我把这些抵金券攒起来，叠整齐，装在钱包里，一张也舍不得花费掉。我要等这个优惠活动快结束的时候，再用它们。我们吃完饭，起身离开时，女服务员站在门口，向我们点头。我真的觉得能受到这样的尊重已经非常不错了。

这样，我再也没有自卑过。我们跟别人又有什么区别呢？跟那些从未露过面的古怪货车的司机，跟嘟嘟的这些漂亮的女服务员们，跟监督员老头……且慢，我才不愿跟监督员比呢，他一整天都坐在闷热的小铁屋里吹风扇，数进进出出的人，而我们呢，还可以出来走走！

这下午多么的宁静，红瓦屋顶上，一大群鸟举起白色的翅膀离去。

总是预感到同一个错误，我们吃饭吃得太早。现在阳光稠密，可是我们已经把晚餐吃下去了。我总爱开玩笑说，阳光助我们消化。我和女友手拉着手，在围墙外犹豫不安地踱步。我们向往一些地方，而不满于此地，哪怕它其实也是自由的——可是我们向往哪里呢？只要肯花钱就能走出去，甚至走很远。38路公交车在我们眼皮底下驶过，抬抬腿就能上去，女司机都好得很，如果你忘了带零钱，她就说，没关系，下次补上。她信任地看你一眼，好像在说：反正跑不掉的，是吧？它通往市中心，火车站是它的终点站。如果我们能在那里上火车，就意味着我们从这里跑掉了。有一次，我们一块坐38路到了火车站，排队买了一张到另一个城市的车票。那是星期六晚上的票，空调车，无座。当晚，女友再一次问我：你不去？我说，我不去。星期六，她乘坐火车走了，我送她出去时，监督员望了我们很久，差点把脖子都扭伤了，我整夜在屋子里想象着那灯光明亮的车厢，女友哭泣的面容。过了四天，她又回来了。

这种情形就跟那天我们早早地吃完晚饭之后的情形相似。我们看着38路亮着黄色的右转向灯向我们靠过来了，一时惊魂不定。一堆人一下子上去了一大半，我心里妒恨不已，我自己不想，我也同样害怕别的人一去不返。我们令人吃惊地站在那里，愣是没上车去。38路的女司机，用目光和扭曲的嘴型好心地提示着我们。女友绝望地朝她摇了摇头，车子开走了。那时下落的夕阳已经被红色的屋顶挡住，我们走在这种无处不在的阴凉里，慢慢地，轻松地……虽然没有说出口——但我们却分明是在朝那间有铁门和铁窗的狭小屋子走去。当我的目光再次与监督员那暗中得意的目光相遇时，我惊讶于我又一次把自己送回来了。

2007年，金华

我去钱德勒威尔参加舞会

> 堕落的儿女们，
>
> 人生对你们委实照顾——
>
> 它给你们带来恋爱的生活。
>
> ——马斯特斯《露辛达·玛特洛克》

经过两次徒劳的躲避，似乎那是最差的选择，等到最后才会考虑。我在车站认识了她，为了给手机充电，我走进候车室二楼的一家士多店，买了个面包，一瓶饮料，然后坐在店门口的一排塑料板凳上等着。我将手机连充电器一块交给老板，老板挺理解，帮我插好，放在柜台后面充起了电。这间小小的士多竟然有两个女店员，生意看上去却并没那么好。一个胖，一个瘦。面包早就吃完了，那瓶康师傅绿茶看样子老是喝不完，我拿在手上，手里总得拿点什么。感觉坐在那儿太久，我就站起来，在店里走几步。我想知道时间，但是这地方没有一块钟。瘦的店员一直在玩手机。令我欣慰的是，看她的样子，并不是那种整天将目光盯在手机屏幕上的女孩子，她好像就是今天才玩一下。如果在漫长难熬的等车时间，看见一个喜欢玩手机的女孩子，我估计会烦躁得要死。店中间的过道堆着上百瓶康师傅冰红茶和绿茶，垒成蜂窝状的梯形墙。这女子在我身旁坐了下来，我斜过去，看了一眼她的手机屏幕。"几点啦？"我问道。她马上望了我一眼，似乎根据不同的人会回答不同的时间。这张脸让我略感失望，虽然我并不想干什么，的确只是想知道时间。她陪我聊了起来，她是主动的，我手里拿着车票，于是她就问我到哪里，几点钟的车——你不是问时间来着？我便告诉她。"五点钟？有得等。江门？我去过，比较喜欢那里。"

她并不是店里的职员，她是康师傅公司的促销员，今天刚好在这家商店做促销。"怪不得你可以坐在这里陪我聊天。"我望了一眼柜台后面的老板，老板正在给一位顾客拿香烟。

"你是做什么的？背着个包。"她问我。

"做销售的。"

"又是跑业务的。"她好像十分不满，"不过我自己也算是做销售吧。"

"你见过很多业务员吗？"我突然讨厌起自己谈吐间的这种小心谨慎来。我觉得应该说句别的才对。

"我都能认出来谁是业务员了，不过你不一样，所以我还是问了你。"她说，"你不像业务员，你的样子不成熟，我欣赏成熟的男人。"

省去了一桩麻烦，我想。但从第一眼看清她的样子，我就没觉得跟她有戏——所以压根不存在有麻烦的风险——她相反太成熟了。她起码有三十岁了吧，保养得嘛，还可以。我简直懒得搭理她。

她叫那名胖女孩子过来。她皮肤黝黑，看上去挺健康，只是稍微发胖而已，脸蛋反倒比身材苗条的这位好看。"我认识了一个朋友……你叫什么，待会儿你自己介绍吧，这是我的同事阿霞。"瘦女孩这样说。正式的介绍使得我有充分的理由长时间地盯着胖女孩看。

她对我的职业比较感兴趣，叫我讲讲出差的事情。我主要跟她说了说我去过的几个城市，尤其没忘记强调一下那些地方都有什么好吃的。

"你们这么聊得来，干脆留个电话得了。"那一位在一旁鼓吹什么似的。

"好啊,"我说,一边将手伸进挎包里,"反正我还没自我介绍。"

"到底是跑业务的,名片都拿出来了。"瘦女孩说。

我尽量显得随意地将名片递给了阿霞,她接了过去。"销售经理。"她吐了吐舌头。"我就没名片,"她说,"你记一下我的号码吧。"

"等一下,"我说,"我记在手机上。"我走过去向老板取回了我的手机,电还没充满,不过能开机了。我又问了她的全名。"你的也记一下吧。"我对瘦女孩说。

"没事,他这只是礼节性地照顾一下我的感受,他不会真的打给我的。"她这样对阿霞说。我同样给她一张名片,她随便瞧了两眼,就塞进裤兜里去了。

等车的时间真是漫长。我三点钟才买到一张五点多钟的票,而且当时我是无处可去,在这个城市我是没有朋友的。我必须去江门,那里有一位大学同学。因为我提前回来了,第二天才能出现在公司。

阿霞说话前总是习惯性地摸一摸喉咙。她好像对我的每一句话都很感兴趣,开始我还以为正是这种兴趣使得她跃跃欲试，产生了表达的欲望，她仿佛有很多话要对我说。她说她以前做过业务员，现在仍在兼职，推销红酒。她讲她推销红酒的经历。她被十个客户拒绝了（她的语气让我觉得正是她自己安排那十个客户拒绝她的），她坚持不懈，终于感动了第九个客户——这个客户在拒绝她后又改变了主意——她讲这些就像是为了迎合我的口味。

在她说某句话时，我装作很有感触地笑了起来，应该说笑了两声，第三声则无论如何也笑不出来了。笑过两声之后，我突然迅速地转向瘦女孩，问她是哪里人。剩下的时间里，我一直跟瘦女孩聊着，一点也不尽兴，但也只是别扭而已，更坏的感觉则没有——仅此就说明好多了。

当晚，我在江门的同学家里打电话给瘦女孩。她叫卢淑玲。我决定只聊三分钟，为此我还看了时间。要说的内容也早想好了，问她到家没有（因为在车站时她提到过她今晚要回父母家里），刚才下雨有没有淋着以及其他。三分钟后，我说："我现在要有事，不和你聊了。"不等她反应过来，我已挂了线。

一小时后，跟同学在酒吧喝酒，她打了几次电话来。头一次我接了，因为酒吧里很吵，听不到她说什么，我对着手机喊："太吵了，改天再说吧。"就挂断了。再次响起时，我发现有好几个未接来电，刚才一直没听到。我觉得既然刚才没接到，那么这一次，尽管听到了也还是不接为妙，便故意没接。她给我发短信："家里好无聊，不想回家。"我没回。那天和同学喝得很晚，冷静地喝了很多酒，也聊了很多往事。

第二天早上，她又打来了电话。我已经回公司了。

我公司离她住的地方不算远，坐公交车只需要二十来分钟，她在电话里这样告诉我。我慎重起来，并且显得不安：我觉得马上要跟她上床了。有一天晚上她愣是打电话叫我去玩，在大福源超市门口我们见面了。她骑摩托车来的，一辆银白色的铃木牌女式摩托。这是我跟她第二次见面，她穿得非常正式，完全不像出来玩，而似跟客户洽谈生意。我感觉很陌生，她看上去变化很大，显得更加成熟，我努力地想在她身上找出我们第一次偶遇时的种种元素，不仅包括她留给我的那种总体模糊但个别地方特别清晰深刻的第一印象，也想在她脸上观察到一丝她对我们上次见面产生的任何联想，但是没有，好像她已经忘了我们是怎么认识的，正是这样，我感觉她特别陌生。我那时认为我会任她摆布，因为在我的印象里，她充满着这方面的主见，我甚至完全没去设想这个夜晚怎么度过，而只需看她怎么安排，安排欠妥的时候，我再加以干预。然而她同样有些失措。我对那个夜晚充满了反感。我们在超市的快食档买了些熟食来吃，各点各的，完全不考虑对方想吃什么。我们买了出来，在超市门口巨大无比的广场上——那里摆满了那种中间插着大遮阳伞的快餐桌，全都坐满了人——找了个空位子，坐下来吃。说是空位子，其实只是没坐满而已，一对打工的年轻夫妇和我们同桌。那男的没穿衣服，手里也没有拿着衣服，凳子上也没有，估计是打着赤膊从家里出来的。他们没吃东西，虽然面前摆着两只一次性泡沫碗，全是油腻腻的汤，但说不准这是不是他们吃过的——这桌子根本就没有人打扫——现在他只是用其中一个碗来当烟灰缸和痰盂。他往那碗剩汤里吐痰。……我点了一份炒河粉，却像是蒸熟后往上面浇了点酱油的样子，令人提不起胃口。卢淑玲点了什么，我一点印象也没有。我们聊得很少，令我宽慰的是她并不显出寻找话题的迫切愿望，她让尴尬自然存在着，不刻意地去躲避它，你甚至也不能说她在忽略它。她接电话时我突然不安到了极点，她在电话里说："我在正门这里，肯德基旁边。"我注意到她说的是"我"，而不是"我们"。没多久那两个人就出现了，一个男的，长得肥肥的，目光一点也不友善。还有个女的，三十多岁，面带假笑，一件印着碎花的白罩衫，像一个池塘一样将她臃肿的上身淹没。那男人则打扮得好一些，方方正正的脑袋配上能见到头皮的短发，整齐、有点寒意；他穿着同是灰色的T恤和休闲裤，脚上是黑皮鞋，圆头的。这两个人一到来，他们自然而然地就聊起来。只在短暂的沉默中，两位新来者才会飞快地看我一眼，似乎我身上有什么东西能帮他们想到话题。但他们的话题都跟我毫无关系。他们聊了很多，这让我看到了一个常态的卢淑玲，比如她爱笑，她正吃着东西，两排门牙隐秘地切着某片食物，突然被他们的话逗笑了（并不是一个笑话，而是提到的某件事，或某个人；而且我猜测也并不是因为好笑才发笑),两片薄薄的嘴唇绽开,露出叼着食物的门牙来。我倒宁愿这样去认识她。我大脑里也没有闲着,一个声音像是找乐子一样自言自语。"卢淑玲——整齐的牙齿。""卢淑玲——没有想象中那么老。"

后来,我们站起身来。仿佛电影散了场,嘴里不用说,但起身的动作无异于相互提醒着:要回去了。而我不但对于这种提醒毫无领会,也没意识到我在等着这个时刻。我只是跟随他们站起来时突然发现我在那里。我坐上公交车回到了员工宿舍。令我惊讶的是卢淑玲还继续打电话给我,我原以为事情在我们双方看来都是十分明显的,我们合不来,我们待在一起的时间真是太糟糕了。而她对这种糟糕的有视无睹令我对她这个人非常担忧,因为她在我眼里迅速变成了一个感觉迟钝的女人。她缺少必要的敏感。紧接着这种担忧蔓延到我自己身上来,因为她第二次邀请我时——当然,我没料到她会这么快再次邀我——我竟然又答应了。那次是白天,她骑车载我去了一家快餐店吃饭。她介绍说那是她最喜欢的一家馆子,那里的排骨饭味道不错。这一次她热心地关注我吃什么,在我拿不定主意的时候,她又很有主见地推荐我吃排骨饭,她点了鸡块饭,她表示我等下还可以尝一下她的那份,而且还大方得体地让我帮她付了钱。从快餐店里出来,她没骑车,而是带着我走过一条很短的街道,走到一条河旁,浑浊的流水仅够将河床掩盖起来。我的胃突然被一阵怪异的、从未有过的疼痛袭击了,我蹲下身去。她立在我身旁,我站起来时,她将手掌按在我胳膊上。问我好一点没有。

她载我去一个地方。我不知道是什么地方,但我肯定不是什么好地方。我在犹豫的时候,她神秘一笑,"有靓女哦。"似乎她已经了解到什么东西会对我构成吸引。摩托车驶过前几天我们在那儿聚过一次的大福源超市,超市门口的广场上停满了摩托车,整齐地摆放着,车上光滑的金属部件反射着刺眼的太阳光。而后驶上一个坡,驰过一段漂亮的、倾斜的弧形公路,几棵肥胖的树立在拐弯处,惊讶地望着我——我竟然答应同她一道去那个可笑的地方。什么样的地方?这里好像是农村,窄小的巷子,铺着冰凉的石板,被脚步磨成光滑,而走在上面却永远不会滑倒,反似被某种黏液牢牢吸住了。陈旧的墙壁,似乎连长在青砖上面苔藓的位置都被反复推敲过——熟悉、宛若布景，为了真实再现民间故事和它的氛围。几盆朴素的花草总摆在二楼的阳台，这栋，那栋。裸露出木材的窗，朝墙外推开来，叫你弯着腰经过。一条狗突然在你身后狂吠起来，你若惊慌四顾，就能在不到一步远的路面上找到一块足以防身的石头。几条钢筋焊成的铁门，当然一定是锈迹斑斑，一定是虚掩着的。她会带我走进哪一栋房子？这做作的环境将一种虚情假意般的意义弥漫在我内心里。我对一切都不好奇，所以我什么也没问。"我有一段时间没来这里玩了。"她对我说。她经常来这里玩。"我第二个男朋友就住在这边。""他一个人住？"我问道。"跟朋友一块。"她推开一扇铁门时，我一点也没有"原来就是这里"的念头。简单地说，我们上了二楼（一楼似乎毫无存在的必要），简陋的客厅，斜斜歪歪的其他几个房间。有几个人，男男女女，都是年轻人。这里是出租房，是农民的房子。农民们造了好房子，住到城区去了。把他们的老房子租给在郊区上班的年轻人。把他们好一点的家具全搬走了。男人们都没穿衣服，天气炎热，旧风扇吹着。两个少女，不是洗头发就是玩手机，嘴里却谈论着花啊，香味啊，颜色啊。

和这些人在一起，她又变成了那个爱笑的卢淑玲。这次她笑得比较厉害，整张脸的中间部分都凹了下去，从侧面看去，她的脸竟然像极了一轮弯月。不过她仍然没有发出丁点讨厌的笑声。我知道我不知不觉间已皱起了眉头，只好装作迷茫地望向窗外。我站在客厅里，靠近阳台的位置，瞧见窗外五座房子的八面墙，在最左边的那座房子的墙角下，一辆黑色的本田轿车被卡在了巷口，进不来。紧接着是"啪！"——是手掌拍出来的声音，非常清脆，从我身后发出。一个男的，光着上身从我身边匆匆地走过，他边走边晃着脑袋（留着中分头），一只手绕过肩膀去揉着自己的背。"别乱摸，我兄弟在家的。"他边说边扭着头，想看到自己的背——当然看不到（尽管他用手按住了那儿），当他的手移开时，我看到那儿被那一巴掌给拍红了。卢淑玲笑得缩在了桌子脚下，双手支在膝盖上，十个手指不同程度地弯曲着。进入这房间后，她给我感觉就像是嗑多了药。等她站起来时，她已经忍住不笑了，但脸上的肌肉仍时不时抽搐几下，突然想起刚才那句话似的，抓着那男的的胳膊说："他在怎么啦？我还就想看他吃醋呢。今天故意带了个帅哥来，气他……"她用充满暗示的眼神看了我一眼，如果她的暗示是叫我放轻松点（我感觉是），那么她的眼神也太笨拙了些。"他人呢？"她问道。那男的朝着一间留了条门缝的昏暗的卧室摆了下头："还在睡呢，昨晚不知干什么去了。"

我走到阳台上去了。我只听到卢淑玲那永不疲倦的声音，在对着那个有着可笑发型的裸男说她昔日的男朋友"变坏了嘛"。那辆本田已经不见了。我抬起目光，向更多的方向望去，我想，也许它并没有驶出多远。我又听到卢淑玲在纵声大笑，说"好久不见"，可回答她的是一片死寂。我想象着那个我从未见过的家伙，把自己紧紧地裹在被单里面，一动不动的样子。也许他醒来后就会想起刚才梦见了她。

那一刻，我突然想到了躲避。因为我脑子里闪过一个念头：她做这些都是为了对我进行不遗余力的勾引，歇斯底里的。

我曾在电话里跟卢淑玲聊到过一个小女孩，她鼓励我去追她。我一直记不清她的名字。她是我同事，老喜欢同我开一些暧昧的玩笑，并在情人节、七夕节、圣诞节之类的节日发短信给我："今天又在陪哪个靓女呀？"我常年在外出差，偶尔才回公司几天，但回来的时候，总能感觉出她的喜悦。她马上要辞职回家了。(她凄婉地笑了笑："以后咱们就见不到了。")我没认真想过。有什么东西在阻碍着我们。这种阻碍不但使得我们不能在一起，而且让我很高兴不必跟她在一起。我既不喜欢她，又刚好喜欢她到不想伤害她的程度。所以这种女孩子，连抛弃都是不可能的。她不像卢淑玲。

从那农民房出来，我就对卢淑玲讲（她把那两名姑娘带了出来，说是一块去附近的公园玩）："我想约我那女同事出来，我今天或许要对她表白。"卢淑玲昂着头，只是说："人多好像可以打折的。"她指的是公园的门票。我打电话给那女同事，她刚好也在逛街，和另一位女同事，也是漂亮的文员，叫兰花。我叫她们一块过来玩，我们去公园里玩。她在电话里头问我："还有谁啊？"我说："阿玲，我认识的一位姐姐。还有她的两位朋友，都是女孩子。"她说："好远哦。""打的过来嘛。"她又说："好贵哦。"我说："我给你报销，OK？"我挂了电话，嘴里咸咸的，酷热的空气把我冲得昏昏沉沉。这女孩子多不理想。第一次约会，她却好像把所有的对白说错了。没多久她们来了。那时我们已经坐在公园门口的地板上了，卢淑玲一直在用一种成熟女人审视不成熟男孩的目光观察我。我们站起来，局面变得呆板。卢淑玲顿时一本正经起来，而且毫无兴致。我估计她改天会告诉我，我的品味太差了。可是我脑子里想着反驳的理由：这女孩子不错，细细的，嫩嫩的，参差不齐的牙齿特别可爱……卢淑玲突然说她不进去了，天气太热，她两位朋友附和她。我无所谓。我们挥手作别，说改天见。

不用说，门票我请。我们三个人进去了，好大一个水池，好宽的台阶，好大一面大理石墙，上面刻着好大的字：南无阿弥陀佛。她们探讨着"南无阿弥陀佛"的意思。是不是我们南方就没有佛呢？我们朝山顶爬去，到处香烟缭绕，肃穆的钟声在树丛中隐隐作响。年轻的尼姑们在瓦檐底下卖玉饰、佛经、绣花鞋。戴眼镜的和尚在玩手机，香客们对他指指点点。两个女孩子见殿必拜，花钱买香来烧。我也买。两毛钱一根的细香，买十根，在殿门口就着红烛点上，插在一个石器里面的沙土里。跪拜时，我们一起。她俩许愿，叹一口气。之后起身，环行殿内，参观墙壁上的佛像。有的佛笑得像还没长牙的婴儿。

傍晚，我们一道回公司。在出租车上（我坐前排），我问她："杨柳是不是你男朋友啊？""不是啊，你听谁乱说。""他警告我离你远一点。""他有病！"她说，"我跟他什么关系都没有。"兰花说："是杨柳在追她，她不喜欢杨柳。他好讨厌的。"我说："其实他挺不错的撒……公司业务员里就数他赚的钱多。"兰花说："他好烦的，你不知道。连我见了都觉得他烦。"

走在路上，已经可以看到宿舍的灯光了，我头皮一紧就说了出来："你为什么要辞职回家？你可不可以留下来呢？""为了你吗？"她说。"对，为了我。"我说，简直有点厚颜无耻，并把手搭在了她肩膀上。

"哎哟，"兰花兴奋地跳了起来，"你向她表白！要不我走开一点？"她紧紧地拖住了兰花。"我们是好朋友啊，你为什么要这么说呢？"我把手放了下来。"那你还发短信挑逗我？"我半质问半玩笑地说。她说："对不起。"又说："你不会伤心吧？你不是有女朋友吗？"我说："阿玲是我姐。"兰花说："就是嘛……""兰花，你别听他说，她是他老婆。"

怎么办？卢淑玲第二天知道了这番对话。好像一切尽在她的掌握中。她在电话里听我讲完之后，说："其实昨天见到她后，我就想同你说，她不适合你的。她那么不成熟，不懂得照顾你的，只会顽皮。"我不甘心，在跟卢淑玲睡到一块之前，我还要作一次努力。我跟卢淑玲说："我明天去东莞。""你去东莞干嘛？""去玩，找朋友玩。""是女孩子吧？""你管那么多，姐——？"我本来想叫"妈"的。可是她毫不气馁："你听我说啊，这么热的天，跑那么远去玩什么？很费钱的。你不能少花点钱吗？过年回家多买点东西给你爸妈啊，我不说你谁说你呢，你以为人人都知道你挣钱不容易吗？你去东莞来回车费不说，她会让你住她那里吗？住旅馆好贵的。我估计你那些朋友啊，没一个人会大方地请你吃，请你住……"听着这番话，我很后悔平时在电话里跟她透露太多自己的底细了（不过正如她所说，我真正的朋友寥寥无几，所以有些事情向她倾诉又是很自然的），现在搞得她自以为好像对我了解得足以冲我指手画脚了。她接着说："就说你昨天那个宝贝吧，打个的还要你出钱，我都心疼啊。我为什么跟我朋友走了呢，还不是为你省三个人的门票？本来她们不来，我打算大家AA制，可是她一来，我觉得为了表现一下，肯定是你请客嘛……什么，你还是要去东莞？你什么时候才能变成熟一点呢？"似乎她一直在等着我成熟，等待之久久过我们认识之久。

她说得对，车费一点也不便宜。大巴车战战兢兢地驶过天空下的虎门大桥（一侧水雾迷漫，平坦的灰色水面汇入更加平坦的灰色大海，令我想到女人的身体），穿镇过市，缓缓地开过一座又一座的人行天桥底下，桥上站着这个城市的居民以及暂住居民，似乎每一张脸孔我都认识，只因为我在这儿待过半年的时光。大巴车掠过一根又一根路灯投在建筑物上的折弯的影子，用中年人的嗓音一般沉稳的汽笛声赶跑一个又一个横穿马路的小个子，于晚上七点才抵达了莞城车站。

小丽，个子娇小，来接我，我们一块去吃了晚饭，选的是三年前我和她去吃过的那家坐在秋千上用餐的馆子。她要买单，说什么尽地主之谊。我制止了她，我说，现在不再是三年前的我了。出了餐厅，我用右手搂住了她的肩膀，一块走回了她的住处。

小丽住在公司里。公司租的铺面后面连着起居室，有三个房间，一间客厅，两间卧室。其中有一间就是她的。一进那客厅，她就指向一间紧闭着的卧室说："你今晚就睡那吧，我同事的，他今晚刚好回家了。是男的。"我说："我睡不惯别人的床。""切。"她说。我跟着她走进她自己的卧室，多干净、整洁、芳香的房间。一张大床抵着墙，三面临空，柔软的床单，粉红色，反着光。枕头被被子压着，被子叠得棱角分明，让我怀疑自己有没有资格睡这里。但我自有几分把握。她打开立式衣柜，一件黑外套从里面掉落出来，被她半空中接在手里，又放了回去。那似乎是一件男式外套，尺寸不大，又像是她自己的职业西装。在我来得及开口之前，她又出去客厅了。我没有马上跟出去。

我出去时，脑子里装着一个话题（……用这个话题我很快打开了局面……），正待脱口而出，却发现她在用一台握在手里显得特别大的无线话机拨号码。"嗯。"她在电话里开口说出的不是"喂",而是"嗯"。一开始,她几乎没说话,她打通这个电话好像是为了听对方说,或者对方会唱一首歌给她听呢。偶尔温柔地笑几声,可是紧接着她就火了,气愤地说:"那你就别回来!"她将话机丢在沙发上。"男朋友?""唉……"她说。我发现我正在生气。"没听你说过,你有男朋友。""总会有的嘛。"她说。"那你为什么还叫我过来?""看看你嘛,都几年没看过了。""看我现在傻到什么样子了吗?""……你要这么说……"静了一会儿。"不说他了,他很会叫我伤心的。"她抬起头来笑了笑。是吗,难道我刚才是在跟她谈论他?去你妈的吧。"我是不会睡你同事的床的。"我说。

她陪我一块去找旅馆。她知道哪里有便宜的。就在不远,她说60块钱一晚。我想,她大概经常来开房吧。"旅馆"两个字的霓虹灯亮在街边的屋顶上,简单的露天吧台却藏在深深的小巷子里。老板娘手里摇着一把蒲扇,靠着墙坐在阶梯下的吧台后,对黯淡的路灯下过往的路人瞧也不瞧一眼。房价正好是60,没看房,直接就订了。我故意问老板娘,明天回去的班车最早是几点。老板娘告诉我，清早五点就有了，不必去车站，就在街那边的某商场的停车场搭车，"私人车。"她说。小丽喊了起来："你发什么神经！非得明天一大早就回去？"我说："换了别人，今晚就会回去。你觉得我今晚会睡得很香吗？""我就那么坏吗？我们是朋友啊，就不能看一眼？""你已经看了一晚上了！"我说，"朋友之间可以打电话，可以发短信，可以上网啊，干吗非叫我这么远傻愣愣地跑来让你看呢？你觉得很好玩是吧？"她："反正你明早不准偷偷地跑掉，明天要是见不到你，我会恨你的。""那你希望我留下来干吗呢？陪你和你男朋友吃早餐吗？"我望了望手中的钥匙，回想起三年前，跟她第一次见面，晚上边聊边在寒冷的街上走着，直到不得不睡觉时，才在她的带领下寻到一家旅馆，开好了房，她主动说要上去看一下我的房间……"上来……坐一会不？"我说。"不了，"她振作地笑了笑，"我要回去了。好好睡啊，明早叫你起床去吃早餐。就我们两个人。"

深夜，在旅馆，忍不住发了条短信给卢淑玲（她已经成了我倾诉的对象）："她有男朋友了。"她像一头被惹火的母狮一样打电话来骂了我一顿。

我的预感是有道理的，我们将会上床，这不仅出于我对她的猜测，更基于我对自己的了解。从一开始，我就抵抗不住卢淑玲的诱惑。她的年纪并不大，二十三岁，只比我大一岁。她很美，只不过是那种"缺少阅历的小男孩"（这是引用她的说法）无法理解的美。她瘦小的身躯里掩藏着一种充满策略的狂野，她用正式的、端庄的穿着筑起一道理智的围墙，似乎要防止自己干出什么傻事来。她从不穿牛仔裤，也没见她穿过裙子。

认识她的第十天下午，她第三次邀请我出去玩。她在电话里说，你早点出来，反正你在公司不用准时上下班，我们可以玩久一点，我带你去一个有很多特色小吃的地方。我们可以玩到晚上，万一要是回不去了，就在这边住旅馆，不是我小气，我自己也是借住在朋友那里，你要是觉得一个人住旅馆无聊的话，我也不回去了，不过你别想歪了，必须开个双人房，一人一张床，我可以陪你聊天啊。

那天下午，她用摩托车载着我满城跑。可是我们在哪儿都没有停下来。我双腿轻轻地夹着她的屁股——我试探的是我自己。

这里全是学生，穿着在全国都可以看到的校服，背后印着学校的名称。"怎么有这么多学生呢？"下车竟然也令我产生尴尬，我没话找话说。她蹲下去，锁车，从她背部发出声音："有好吃的呗，走吧。"我们无非是在等天黑。简陋的铺面，简陋的桌椅，桌面上的纸巾竟是灰色的。连吃的也那么寒酸，豆角面，松松垮垮的姜撞奶，毫不自信的肉夹馍，我们选来选去，最后实在走不动了，才坐在一堆男男女女的学生中间，点了两碗排骨粉，两玻璃瓶可乐。"别用那些纸巾，我带了有。"她为了及时制止我，一闭嘴，塞在口里的粉线被她齐齐咬断，舌头搅着断的米粉在口腔里弄出这句话来。我把已经捏在手里的一张灰色纸巾又放了回去。她打开手提包（稳重的半月形包，奶白色），从里面取出一包绿色开合式薄膜包装的纸巾，我接过来，包装上印着"康师傅"三个字。她冲我得意地笑了笑。我吃完了，等着她。我转着脑袋，望见隔壁桌上坐着一个男中学生的背影，十分宽大。他对面，站着两个女学生，其中一个正在用手指甲剔牙，剔完，粉红色的舌头朝上翻过来，覆在牙龈上。"快点吃，猪！"那两个女学生凑在一块嘀咕后，一致决定冲着那男生的头顶喊这么一句。

我们吃了一碗米粉，度过了毫无意义的三个小时。如果现在回去（她住处在哪里？），那似乎有点冒险，因为很可能时间过早，时间太多无法消化，我们必须面临礼貌的告别。八点钟公交车有的是。我们应该在尽兴的玩乐中忘掉时间，故意忘记。可是，尽兴在哪里？那边有个游乐场，再过两条街好像有间电子游戏厅，我们去玩吧。算了。这不像是我们要干的事。她已经再次弯下腰去开车锁，穿得如此严实，弯腰时连内裤的影子都见不到。"上车。"她在头盔里面说。我从不问去哪儿，我已经不知道将去哪儿了，如果再问……"我带你去看看我住的地方。"坐在她背后，我突然想再看一眼她困在头盔里的瘦小面孔。我低下头，头一回看到一串银光闪闪的钥匙挂在她裤子的腰带上。

"你跟什么朋友一块住？"
"同学。"

"男的女的？"

"女的。"

"有男朋友吗？"

"没有。她结婚了。唉，我真的不想住她那儿，很难堪的。两口子经常吵架，一吵架就来找我评理，两个人都那么幼稚。我过段时间攒点钱就搬出来。"

"你那份工作怎么样，待遇还好吧？"

"我现在没工作了。我老是找不到好的工作。"

到了门口，她说："上来吧，他们不在的，都打麻将去了。打完回来肯定又会吵架。"我跟着她上了楼。"脱鞋。"我脱了。家里挺整洁，简简单单，我感觉这不是个完整的家，缺少的比存在的还多——就一个家庭来说。黑色的沙发裸露着，没有一个坐垫，一块毛毯。"我给你倒杯水。"她用一个高玻璃杯装了杯凉开水端给我。我将它放在冷冷的玻璃桌上。桌面上什么都没放。"不要抽烟啊，这儿不是我的地方。"她从一扇门里走进去。我听见她在刷牙，水在喉咙里哗啦哗啦地响。她提着一个纸袋出来了。"走吧。"她说。一出门，我就抽起了烟。

时间还早，八点刚过，但是她已心力交瘁。我默默地跨上摩托车,她异常冷静地开了出去,似乎还有个什么人站在原地目送我们离去。去哪儿?

又见到了大福源。原来她住处竟然离这巨大无比的超市这么近。"还记得这里吗?"她回过头来,还没望到我又把头转回去了。"还有那儿。"她用一只手指了指跟大福源隔着一块建筑工地的地方,那儿有一座钟塔,指针和刻度发出绿色的夜光。那是车站,我们就是在那里认识的。难道我们又要去大福源"玩"?我又将见到那个胖子和那个笑眯眯的臃肿女人?摩托车一个漂亮的急转,驶上了人行道,嘎的一声停在一扇玻璃门前面。一个穿着白制服的保安上前来,做着交警的手势,叫她把车开到一旁的停车场去。这个停车场只有巴掌大,其实只是这家宾馆的窄小墙角,停的都是摩托车,还摆着几株掉着叶子的植物。

我肩负着压力。突然好像只有我自己对这件事如此在乎了。我本来想要间单人房,但我怕这样一来把她给吓跑,我认为还是没必要打草惊蛇,我跟总台小姐说:"还有双人房吗?"多一张床出来放衣服有什么不好。我交了钱，讽刺地想起她曾在电话里说过心疼我的钱的那番话。我听到她在门外问保安，车子放在这里过夜安不安全。

她手里拿着车锁，站在门口跟我说："你先上去吧，告诉我房号就行了。"我十分乐意这样的安排。

我进了房间，打开灯。跟我住过的任何宾馆一样，两张床，一张靠着墙角，一张摆在差不多中间的位置，为有窗户的那面留出一条很宽的过道来，也使两张床挨得更近，窗户盖着厚厚的落地窗帘，窗子底下摆着张圆形的红漆茶桌，一旁立着阴郁的衣帽架。两张床中间是床头柜，上面一排按钮，控制室内所有的电器。床单和棉被全是耀眼的白色。她推门进来，立在门口，手里提着那个纸袋。我以为她会扑上来，但是她没有。她像是没有胃口一样，在靠墙角的那张床上坐下来，弯下腰去换拖鞋。我一转身，看到了电视机，凸起的屏幕上呈现出我的肚子，和她弯着的身子。我打开了电视。她从纸袋里拿出一些瓶瓶罐罐，一块花毛巾，一套叠成方形的棉衫，"我去洗个澡。"我不知道，我该怎么办？这里头是不是有个什么不成文的规矩？我应该在她洗澡时推开卫生间的门进去（她当然不会把门锁上）？就算用不着这样，在她出来时，我至少应该做好了哪些准备？我一无所知。没人跟我说过这些事情。

我还在看电视。她已经出来了，穿着冬天才穿的贴身棉衫，头发没湿。她的屁股在紧身棉裤下面鼓起来，像一个倒着的问号，只有这还给我一点鼓舞。可是那一套衣服将她裹得密不透风。我刚才也一直在想着她会怎样出来，一丝不挂？还是围着浴巾，头发湿漉漉的？还是："我要出来了，你转过身去。"如果我真的转过身去，她会一溜烟地钻进被窝里，如果我不转……可是，她居然穿着这个，这种天气谁还穿这个。她表情平静地望我一眼："你不洗澡啊，跑了一下午？"我去洗澡。在卫生间，我看到了她带来的那些瓶瓶罐罐，沐浴露，洁面乳，面霜，还有她自带的牙膏牙刷，架子上晾着她自己的毛巾。我什么也没带。我用的是宾馆里提供的小包装洗发水和沐浴露，用的是他们的白毛巾。我洗完了澡，又故意多搓了几下，似乎是为了拖延时间，才出来。我只穿了条内裤，用宾馆的白浴巾围住了下身，上半身光着就走出来了。我一见到她，就感觉自己的出现就像一只怪物。因为她正安详地半躺在靠墙角的那张床上看电视，身上盖着棉被，棉被的边沿被她紧紧地掖进了身子底下，那里根本没有我的位置。早知道这样，我觉得我应该西装革履地出来。

我们就这样耗下去，甚至只是我一个人在耗下去。开始我只是坐在另一张床上看电视，到后来，我也钻进了被子里。我躺在那儿没多久，她就说："把电视关了好不好，明天我要早起，去面试。"我说（我尽量显得不生气）："你不是说要陪我聊天吗？""电话里还没聊够啊？""好吧，说话不算数。"我把电视关了，顺带起身去上了趟厕所，将浴巾留在了卫生间里。我回来时，她已经将脑袋陷在枕头里了。她眼睛是闭着的，叫我关灯。我把灯光调到最暗。不管怎么样，我要试一试。我去掀她的被盖，"干嘛！"她紧紧地抓住了被角，好像猛然发现有人要偷她的东西。我感觉十分没趣。我的手继续抓着她的被子，而她则松了手，懒得理我似的侧过身去，似乎决心在一秒钟之内就进入梦乡。我抬腿跪上了床，嘴里简直是讨好地说："挨着你睡嘛……"她终于朝里面挪了挪："可以，但不要乱来。"我挨着她躺了下来。掀起被子时,看到她睡觉时也穿着那套棉衫,我说:"现在什么天了,还穿这个,把它脱了吧。"——"宾馆的床脏,我故意带来穿的。"我捱了好一阵子没有乱来。我希望我能马上睡过去,然而我脑子里清醒得很。似乎是等到认为她已经入睡了时,我才开始抱住她。可是她马上把我的手甩开了,"不要吵呐,我明天真的要早起的。"她说这话就像在跟我商量什么重大的严肃事情。第二次碰她,只是把头靠过去,下巴轻轻地勾住她的肩膀,可能呼出的气喷到了她脖子上,她猛的坐了起来:"算了!没法跟你睡,你回你的床上去。""我不。""你不,是吧?"她站起来,直接从我身上跨了过去,一跳就跃到另一张床上去,钻进被窝里,睡了。

半夜里,我越来越清醒,每一刻都好像刚刚久睡后醒来那么清醒。我愤懑地翻身下来,再次钻进(并不是小心翼翼地)她的被窝。她的背部缩了一下,像是打了个冷战。几分钟之后,她说:"你非要让我睡不成吗?"我说:"这是我的床,你要睡回你的床睡去。"她没动。但是她说:"随你便,不要吵我就行了。"接着又睡了。我翻来覆去,扰得她厌烦不已。

我宁愿不打扰到她，但我心里很烦，我没法用同一种姿势躺上两分钟。"好吧，你可以抱我，但是——必须赶紧睡了，我明天的面试准会搞砸。"如果在灯光下，听到这话我会脸红。然而我抱住了她，她朝我转过身来，我吻住她的嘴，她并不十分情愿让我吻，就算有迎合，也是犹豫，甚至显得机智地敷衍。有一会儿我触到了她的舌头，但大部分时间我吻着的只是她那两片不知又会蹦出什么令我脸面尽失的严厉话来的嘴唇。她挣脱开来，被吻过的嘴唇说："那么，你喜欢我什么？"我愣了愣，顿时差点提不起兴趣来。但是就像当初我决定试一试一样，我决定不要放弃。我说："不知道……嗯，也许是欣赏你的成熟吧……可能你还有别的令人喜欢的地方，但我必须慢慢了解，如果你给我了解的机会的话，我相信……"回答很不令人满意——如果她是诚心问这个问题的——她似乎早已料到我答不出什么来，所以并不惊讶，也不失望，而是讽刺地说："你都已经决定跟我上床了，你对我的了解就只有我看上去很成熟吗？我虽然不想跟你上床，但是我知道你这个人很实在，没说过大话，心眼也不坏，更加不会打朋友的坏主意，你安安静静的，像个乖孩子。"她松开了手，并把我的手也从她身上拿下来，又转过身去睡了。

我克制着自己。我想早点睡着，但我知道睡不着，所以尽量将眼睛睁得大大的，像囚犯似的望着漆黑的天花板，我能感觉到眼部使出来的巨大的力气，把眼眶绷得生痛。我喉咙里咳出一声不屑的咳嗽。没引起她的任何反应。注意到我投在她身上的注意力后，我立即收回了它。我把所有注意力集中起来，用来捕捉我想翻转甚至动弹身躯的每一个时刻，并抢先制止了这种本能。我成功地使得浑身不自在的身体一动不动地躺在那里，好像在静静地享受着什么。我睡着了。却又被某个现实中刺进来的噩梦惊醒。几点啦！天亮了吗，我们起床走人了吗，她还在吗？房子里一片漆黑，是不是因为窗帘的原因？我摸起床头柜上的手机看了看时间，三点钟，一切还有希望。希望马上照亮了我，她动了。她无力地嘀咕着睡意浓浓的梦话，软绵绵的身子（像融化的糖那样又黏又稠地扯不开来）在被窝里畅意地舒展着，仿佛要把一切都踢下床去。但是她抓住了我的手，她拿起我的手掌，放在她的另一只手背上——这只手正在腹部费力地摸索衣服的下摆并将它掀起，之后，她拿着我的手掌重重地扔在她光滑的肚皮上，接着双手并用将它往上面推去。我的手来到了她隆起的乳房那儿。"阿玲？""嗯！"够了，让我自己来。

"开灯！快开灯！"她叫起来。我慌忙地开了灯，我眼睛眯了眯，我看到了她，她正在发火。"你刚才射进去了？""我、我不知道，好像在被子上，可能——""可能什么呀，你懂不懂啊！"她低头看了看："咦——，我大半夜要去蹲厕所了，你干的好事。"下了床，她又狠狠地瞪我一眼："早知道你这么没良心……"她出来时，我正在擦着被子。"脏了吗？"她语气温和地问我，似乎从这一句，她才开始扮演我的情人。我点了点头。"别管它了，我们睡那张床。"她笑着说。我们又换到靠墙角的那张床去睡。她平躺在白棉被下，麻利地将那套棉衫脱了下来，伸出一只手来扔在床尾，好像宾馆莫名其妙地变干净了似的。她赤裸着，紧贴着我睡。我们一直醒着，虽然没说话，一直到我们再次做爱。"等下，"她说，"这张床不能再弄脏了。"她钻出被子，跪在床上，弯腰去捡起被她丢在床尾的棉衫，垫在床单上。"你等下射在衣服上,知道吗?"

两天后,我们又开了一次房,那是我主动去找她的。她开始算起账来,她的精明使得那次开房成了最后一次。因为她提前从朋友那儿搬了出来,简直可以说是当机立断,隔两天她打电话给我,便已经住在自己的出租屋里了。她花了一笔大钱,她告诉我,房租200块,仅够住两天半旅馆,现在呢,一个月!买了些新的用品,脸盆、塑料桶、拖鞋、衣架。"你得给我点钱,我是咬着牙搬出来的。"她说,"别这么不高兴(我说,我没有不高兴),我会还你的。"

我不是小气鬼(再说我自己也会算账),我的确提不起兴致来,但不是因为钱。公司不断地拖延我们出差的行期,在几次更改日期之后,老板现在干脆不提出差这回事了。我被困在了南方炎热的天气、每天无所事事、和卢淑玲的身边。我本以为几夜风流之后,我便可以借出差的理由永远地至少是长久地离开卢淑玲,她自己也知道我工作的性质,她很清楚业务员是怎么回事。当然,就算不出差,待在公司里,我也可以不去找她,甚至断绝跟她的联系,我可以让她找不到我（我是说万一她真的来找我的话）。然而，我显然是对自己缺乏了解，我没想到一个小小的因素（出差日期）的变动便使得我认不出自己来了。我突然发现，没有什么比待在公司而不去找卢淑玲更让人难以忍受的事情了。我打算隐瞒这一点，永远不告诉她出差的任何消息。如果她问，就说，快了，应该就在这两天吧。我照样可以随时消失——而她则会认为我真的去了她八辈子也去不了的外省出差了。

的确，继续在公司待下去，我不可能再去哪儿享受这样的照顾。她每天中午和晚上都煲好汤，做好饭等我回来一块吃，我每天都有干净的衣服换，起床后去上班，她骑摩托车送我到公交车站坐车。只是晚上睡觉炎热难耐（但还是好过员工宿舍），我们住在顶楼，白天太阳把屋顶晒得滚烫，晚上，热量就挤进室内的空气中来。尽管如此，我们仍坚持每天做爱。有一天，她发烧了，问我能不能请假回来一趟。我以为她病得走不动了，可是我走到楼下时，她却正倚在窗台上叫我，脸上带着平静的微笑。"你别上来了。"她说。很快楼梯间传来嘭嘭嘭的响动，她跑了下来。"你不是病了吗？"我没好气地问她。"有点发烧，"她微露歉意地说，"一个人待在屋子里，头昏昏沉沉的，想出去走走。""所以就叫我过来？""不可以吗，谁不知道你那班可上可不上？""我正在打麻将啊！""赢了没？""赢。"她便后悔了："那你就跟我说嘛，可以不过来。"她把我带到她一位住在附近的朋友那里去。这位朋友就是那天晚上在大福源超市门口见过一面的女人。我不喜欢这个来历不明的女人，在她家里，她同样显得来历不明。她住的也是出租屋，用年画和各种颜色拼接起来的毯子、毛巾贴满了整个室内。她家里养着一只猫，但看上去好像跟她关系闹翻了，远远地坐在墙角的地板上，一副冷冰冰的表情。她拿出她老家的特产来招待我们，那是一大盘树根一样的东西，里面竟夹杂着几块石头一样的玩意。她仍然没问我的情况，这使得我狐疑满腹，她偶尔瞟向我的几眼，流露出难言的复杂性，和强制住的笑意。我怀疑卢淑玲私下里向她不加选择地透露过我的信息，所有知道的都毫不保留地抖搂给了这个俗里俗气的女人。我坐立不安，当我发现自己正欲掩盖起这种不安时，我反而故意将我的不安加倍地表现出来。我不愿理她们，板起了脸，拿出钥匙来玩，我甚至也不想理那只猫。我那样子简直是在作践我自己。卢淑玲早早地结束了她这套把戏，跟那女人告了别，我们一块出来了。又回到顶楼的房子，那天天气挺好，早上还飘过毛毛细雨，现在室内温度挺宜人。房间里空空荡荡，地板中央放着半桶凉水，上面浮着一层灰尘。"你生气啦？"她问我，这是第一次。"以后别带我去见你那些朋友，我也不想知道他们是些什么人。"我冷漠地说。她什么也没说，好像她真的知道自己错了。但是我发现她是真的病了，回到房里的几分钟，她像一棵被太阳曝晒过的小草一样蔫了下来，嘴唇上堆起一堆皱皮。我摸了摸她的额头，很烫。"要去看医生吗？"我像好心的路人那样问她。"不用，"她把头摇得像一块大石头，"有你照顾我就行了。"她躺下来休息了一阵，在这期间，我只做了两件事：帮她熬了点稀饭，给她倒了杯热开水——都是在她的要求下才做的。我叫她起来，她倚在我身上，我用铁匙舀来稀饭送进她嘴里。她是我一位出生入死的好兄弟，现在她得了病，快要死了，这个想法使得我坚持喂她吃完了那碗差点煮糊了的稀饭。她睡了一小觉，醒来，自己说好多了。她动容地说，她一辈子也忘不了我在她生病的时候守在她身边，喂给她东西吃。她说，我真的不知道怎么感谢你。她将双手环绕在我脖子上，脑门抵着我的脑门。她的热度还没退，仍然滚烫，可是她容光焕发，她的脸像一朵傍晚的云彩。在她的再三恳求下，我终于同她做了爱，那时是下午，她发着高烧。她的身体就是一个火球，可是我担心她就此熄灭，我害怕自己将她弄死了。她的阴道里分泌出许多使我不敢正视的白色颗粒。

我们分手的那天，她同样生着病。那天她不但生病，而且像一根干硬的枯柴，也许是流泪把身体里的水分流干了。那天本来没事的。她感冒了，却没告诉我。她像往常一样，吃过晚饭后，做面膜。那时她已经找到了一份化妆品公司的工作，她用公司的产品让自己显得比以前年轻，更加漂亮，她背上的小痘也全不见了，她的皮肤滑嫩得像冬天早晨的大雾。她做面膜的时候，叫我躺在床上，用从公司带回来的洁面乳帮我洗脸，按摩我的脸部和眼睛，轻轻地挠我的耳朵。傍晚六点刚过，我们便躺在床上，灯也不开。我们决定今晚不出去打麻将了，或者晚一点再去打。现在，不管怎么样，我们刚好躺下，而且就愿意这样躺着。她抱着我，像施放烟雾一样娓娓地说："现在我一个朋友也没有了，我只有你，那些你不愿意见到的人，我也同你一样不愿见到他们了，怎么办啊？如果你出差了，我怎么办？你走了，我可能连麻将也不想打了，班也不想上，现在做这一切都是为了消磨时间，为了晚上见到你。你辞职好不好？你不要在那家公司做了，你找一份不用出差的工作。"我说："不行啊。我在公司是老员工了，再找新工作待遇肯定差很远的。再说不出差我怎么习惯，我现在每天在办公室待两个小时就无聊得要死，如果整天待在办公室，我肯定活不成的。""那你什么时候出差？""快了，最多三天。""你不要上班了！"她说，"你去我们家吧，我妹肯定是跟我妹夫搬出去住的，我爸的房子就是我们的了，现在房子那么贵，你上十年班也买不起啊。我们都不要打工了，我们有地方住，只要做点小生意就可以过下去了。"夜色模糊着她的脸,她脸上最漂亮的部分也随着微弱的光线的消亡而隐没了。我知道我脸上现在挂着具严肃的表情,若有人把灯开了,将会看到我那可爱的沉思的模样,可我回答她的话却一点也不像经过深思后说出来的——我说:"现在房子真的那么贵了?"她响亮地笑了一声(就像是"别闹了!"),又迫不及待地说了下去:"我知道你觉得现在结婚过早了,我们可以先订婚啊,订了婚你就可以住到我们家来了。"我说:"我这个年龄的人,有几个想过结婚。"她支起了身子:"你遇到了我也仍没想过结婚吗?"我在黑暗中摇了下头,不过她应该没看到。"那你爱我吗?"我沉默,她便明白了。

"你不喜欢我什么?我哪一点不好了?"

"不知道,也许是你太成熟了吧。"

"太会照顾你了吧?不成熟怎么会煲两个小时的汤给你喝,每天用木柴引燃炉子,熏得眼泪汪汪地做饭给你吃,因为你不喜欢吃饭嘛,可我那么傻,偏偏逼着你吃。"她自己说着,自己笑着,"当初说喜欢我就是因为我成熟的也是你,现在呢,说不喜欢我太成熟的，我还以为是谁呢。"

"你知道我的感受吗？……像个小孩子似的。"

"那是你自己像个小孩子，难道没有我，你就长大了？"

"是啊，我本来就很幼稚，你自己不知说过我多少次，不成熟啦，缺少阅历啦，你什么时候才变成熟啦，你明明知道，你为什么靠近我？你知道吗，我一直都不知道你喜欢我，我不知道的事太多了，因为我太幼稚。我不知道为什么你明明对我看不上眼，却那么露骨地诱惑我。我一直以为，你只是想找个人玩玩。"

"一直？你一直都觉得我只是想随便找个人上床是吗？你现在也这么认为？"

"现在不是。"

"谢谢你。"她说，"谢谢你替我平反昭雪。"

她一直没哭，她声音里没有丝毫哭腔。我们沉默下来之后（我们一直躺着），她就开始侧过身去，面朝着墙壁。我只当她是在生气不理我，却不知道她正在肆意地流着眼泪。我伸过手去，揽住她的肩膀，想把她转过身来。我的手摸到湿了一大半的枕头，她脸下的被子也全湿了，我朝她脸上摸去，泪水像谁也挡不住的兔子一样爬过我的手背。我用另一只手在她肩上轻轻地拍了一下，她马上就转了过来，把头埋在我的怀里，哭了起来。她哭着说："我今天感冒了，你还要把我弄哭。"我安慰着她说："我虽然很坏，却从来没想要把你弄哭。我真的是无心的。当我后来明白了你的感情之后，一想到迟早有一天你会像现在这样哭，我自己就想大哭一场，比你现在哭得厉害多了。"她抬起头来，噗嗤一声笑了，把泪水喷到我脸上来。"那你现在为什么没哭？""我很想哭。"我说。她嘴巴一扁，又哭了："我不该说那些话的，我不知道我嘴巴里为什么要那样说，我一开始就那么喜欢你，嘴里却尽说你不成熟。我真应该告诉你，我喜欢你。"我说："是啊，如果你告诉我的话，就不会发生这一切了。我会躲开你的。""不。"她马上改变了主意，"我要这一切发生，我将来还要回忆它的。我希望它发生过。"

我们在狭小的卫生间做了这次爱。像以前一样，她把原本就十分干净的地板仔仔细细地用水再冲洗了一遍，再在上面垫上一块湿毛巾。她坐在我身上。脸上带着泪痕和笑。她的身子坚硬，像一幢房子。

她的感冒更严重了，早早地就睡着了。半夜里，她突然起床，我迷迷糊糊中感觉她正在穿衣服，把长袖都穿上了。表情冷峻地照着镜子，又抓起了手提包。"你去哪里？"我问她。"我不舒服，出去买点药。"我一骨碌爬起来，却没有站起身，我坐在床上说："我陪你去吧。"她把头盔夹在腋下，又一次迅速地看了一眼镜子："不要紧的，我很快回来。你睡吧。"我又躺下去睡着了——当时我真困。她在楼下推摩托车时碰响了铁门，又把我惊醒，而这短暂的时间内，我已经做完一个荒诞的梦了。她出去的这半个小时（我估计的）则显得更短，当她回来，弄出响声把我吵醒，我还以为我一直没睡着。她开了灯，将一大堆药瓶扔在床上。她不停地走来走去，不知干什么。我不断地醒来，又不断地睡去，仿佛一直有人用力地将我的头摁进一口装着各种各样的梦境的水井里。我奋力挣扎才能将头昂起透一小口气，看一眼模糊的现实，接着又被摁进去了。她端着一杯开水走过来，她吃一片药的时间，我做了十个梦。每个梦醒来，她都在吃着那同一片绿色的药丸。我困惑不已，可是又突然想起她以前吃药的习惯，她总是一片一片地吃，而且吃得很慢。两片一样的药，她都得分两次吃。我又觉得我没想起这些，我嘲弄般地问自己：我想起这些了吗？我现在成了被问的了，我不知道我被问了什么，我反问：想起哪些啊？"这些……"她说，"快帮我弄开这些。"我睁开了眼。她正在费力地扭一个玻璃瓶上的铁盖子。我说："什么？"她气恼地说："帮我拧开这个罐子啊，叫你半天了。"我伸出手来，罐子自己到了我手里。（她第二天跟我讲："你只拧了一下，就把它扔在床上，又睡着了。"）她好像哭了，她发誓要打开它，因为医生叫她一定要喝。医生这么说了吗？"我不知道。"我说，我没见到医生。"你在说什么啊，你不知道什么？"我又睁开眼，她怎么还坐在那里？我惊讶地问："你不是在哭吗？"她回答："嗡嗡嗡嗡嗡……剪刀。"哦，不关我的事了。"老公！"她大叫一声，我一个激灵，找到了使不完的力气，一拳将那个不断地摁我脑袋的瘸子打飞了。我彻底清醒了，直挺挺地坐在了席子上。我看到她盘着腿坐在我身旁，那些药瓶倒放在她两条白皙的大腿围成的圈中间，一把剪刀夹在她两个脚趾头上。她一手握着一个玻璃瓶，另一只手则抓着她切菜用的那把大菜刀。"老公！"她眼里一片潮湿，"我打不开它，我用刀子都打不开它。"

2008年，成都

在异乡将承受减少到无声

献给兔兔

> 你好吗？不难受吗？你教我认识了北极星的美丽和用处，现在你看到了那颗星，想我不想？
> ——巴尔扎克

他在电脑上玩蜘蛛纸牌，玩到深夜三点。基本上是输多赢少。他冷得够呛；屋子外面，积雪还在进一步融化，也许一场严霜正在这个时候降下；谁知道呢。为了御寒，他将被子垫在沙发上，坐上去，将腿和上身用棉被裹起来。他穿得已经够多：保暖内衣、高领毛衣，又添了一件羊绒的 V 领毛衣，最外面是羽绒服，下身是一条与保暖内衣是一套的保暖棉裤，再套上一条厚厚的加绒的卫生裤，到差不多十二点钟的时候，他干脆把牛仔裤也穿上了，脚上穿了两双袜子（一双是普通棉袜，另一双是毛巾料做成的厚袜），并塞在一双毛线织成的拖鞋里,鞋底没直接踩在地板上,而是踩在电脑桌底下的木踏板上。

然后身上裹着一床厚棉被。

三更半夜在电脑上玩蜘蛛纸牌;不像是有心事的样子;手里捧着暖手袋,暖手袋是女朋友买给他的。他玩着游戏,其余的什么也没做,连起身给自己倒杯茶都不情愿。除了摆在电脑桌上伸手可及的香烟,他好像再不需要别的。他脚上的拖鞋又裹在一件不打算再穿的旧外套里面。这件外套已经被他踩脏了。他让房间黑着,专心玩游戏。

偶尔才抽一根烟。他抽烟并不凶,一晚上也就抽了五根。但是抽烟的样子很贪婪,可以看出他其实十分需要香烟,只是经常忘了而已。

房间里暗得令人严肃。只有电脑屏幕发出那种神经质地颤抖的光,苍白,颤抖,颤抖,迅速变弱。光线到达他身后的那张大床时,几近完全消失,只有适应了房间的阴暗之后,才可以勉强地辨认出床的样子:这张大床长约两米,宽一米半,差不多占了房间面积的二分之一,床上垫着天蓝色的床单,也许点缀着一些细碎的白色图案;两个长枕头,都没枕巾,一个靠着床头，竖置，另一个随意地扔在一张很薄的棉被上；棉被叠成（也许并不是故意叠的）大致的长条形，居于床的正中间，可能是他起床时并没有掀起被子，而是像条泥鳅一样钻了出来，所以被子还保持着他睡觉时的样子。也可能现在它里面睡着一个人，正在做着我们无法猜测的梦。女朋友？这种可能性不大，因为女友向来不允许他在房间里抽烟，特别是在没有开窗的情况下。床头是一块厚厚的半月形的、上面雕着粗糙的花纹的光滑的木料，被漆成暗红色，贴着墙，那个竖置的枕头就是靠在这块散发着浪漫气息的床头木上。枕头中间有压过的痕迹，而且从面积来看，应该不是头形，很可能是背部的长期挤压所造成，看来这家伙有睡前坐在床上看书——不可能是看电视，因为房间里没有电视——的习惯。床的一侧是墙壁，一张有靠背的椅子卡在床与墙之间动弹不了，椅子上随意地放着几本薄薄的书，相互重叠又相互散开，也可以说，叠得很不整齐；这面墙上是三扇窗户，几乎把整个墙壁掏空，窗帘全部拉上。另一条床沿离里边的墙稍远一点，本来可以形成一条过道，但紧贴着墙放置的一个大衣橱使得床这边的过道更加狭窄，如果把衣橱的门拉开，估计门扇可以抵住床沿，那样一来，人根本无法通行。只有床尾跟第四面墙之间的空间稍为开阔些，但仍显得局促（要知道，每个人对住房的要求是不一样的；如果有条件的话，你尽可以挑剔）。斜倚着这面墙，摆放着一面没有镜框的镜子，约一米高，宽可能是四十公分，镜子里简单地重复着刚看到的内容的一部分。这面镜子，因为太小，完全起不了（在视觉上——为什么不说在幻觉上呢）拓展狭隘的空间的作用，反而因为太大而显得有些碍手碍脚。如果这房间的主人生性活泼、爱蹦爱跳的话，它迟早会惨遭误毁的下场，一记无心的刮肘子，或是随便踢一踢腿，都可能使它支离破碎。另外考虑一下那扇棕灰色的防盗门（门在衣橱一侧）随时可能会被某个莽撞的家伙用力推开，那么这镜子摆放的位置也太悬了点。很难说它撞不到它。他的电脑桌，摆在放镜子的这面墙和有窗户的那面墙之间的墙角上；他面朝第一扇窗子。这扇窗，当然，是被一块廉价的窗帘布遮起来的。

他蜷缩在沙发上，或者说在一张棉被里；一手移动着鼠标，另一只手在暖手袋上抚摩。这不是一张真正的电脑桌,只不过是破旧的书桌罢了,桌面长宽都不到一米,上面垫的既不是报纸也不是什么广告画册或者塑料桌布,而是一块蓝色的毛巾,被十五英寸的液晶屏和白色键盘压着,并还有约五公分从桌沿上垂下来。垂下来的地方,刚好还有一个抽屉,拉出来一条很小的缝。主机摆在地上,紧挨着桌脚。他坐着的沙发,只够容纳他一个人,而且每当他调整坐姿时,便会发出吱嘎吱嘎的响声。他开始新的一局,上一局不管玩得多么糟糕,都过去了,现在是,重新发牌。现出的牌还很少,这个开局看样子不错,在这个游戏里,运气还是主要因素。他把黑桃7拖到黑桃8下面,现出一张黑桃6,那么意味着黑桃6马上又可以放到黑桃7下面。但是不急,那边红桃J可以拖到红桃Q下面,露出一张黑桃3,怕什么呢,虽然眼下还没有黑桃4,但那里不是有一张红桃4吗?当然那只能是求其次的方法,不得已而为之。而现在要干的是,把黑桃6移走,也许底下就是一张黑桃4呢,或者一张黑桃9呢?然而现出来的不是黑桃4或9,而是一张黑桃K,这下死梗了。这代表着现在刚刚开始,而这一列就挪不动了,除非等一下能顺利地将另一列清空，才可以把黑桃 K 移到顶上去重起一列。不过眼下的办法只能是把黑桃 3 拖到红桃 4 下面，或者把黑桃 10 拖到红桃 J 下面，看看能有什么转机。K 出现得太早总不是什么好事情。

机箱里嗡嗡的响声持续着，从他脚下发出。他没有开音乐，在这样的夜里，他平淡的性情使得他让躲在显示器后面的那对高档的桃木音箱保持着沉默。也许他是怕吵到邻居，毕竟不可能每个人都喜欢在这个时候玩蜘蛛纸牌。从电脑屏幕底下的任务栏可以看到两个正在运行的程序，除了蜘蛛纸牌外，还有一个音乐播放器。难道他放着音乐？却把音响关掉了？或者设置成了静音？我觉得一种猜测是比较可以接受的，那就是他刚才（多久之前？也许是吃晚饭的时候吧）放着音乐。音乐一首接一首，在这个狭小空间里飞扬，声波轻柔地触碰着墙壁和窗玻璃。等到曲目列表里的音乐都放完了，他可能还等待了一会儿，以为是一曲与一曲之间的停顿，他以为很快又会响起某种熟悉的旋律。但等着等着，他便忘了。他忘了音乐这回事，一心一意地沉浸在纸牌游戏中。不管怎么样，在这一天里，他至少听过一次音乐了。我们不能随便揣测人家是一个没有音乐也可以活下去的人。当然，也不能说他就是一个没有音乐就活不下去的人。

屏幕里突然出现了燃放烟花的画面——那种幼稚的卡通效果，骗小孩子用的——沉默的音箱里短暂而急剧地响起了一阵敲锣打鼓的声音——这声音也给人感觉是卡通的——把他吓了一跳。他赢了。这一局开头并不怎么顺利，不过，他赢了。这时，他需要一根烟。

再来一局。新的一局实在荒谬，一上来就有半数的牌是老K。没办法玩。他直接选择了放弃，再次重新发牌。

在一瞬间里，他变得心不在焉了。出现了严重的失误：他把红桃9拖到了黑桃10的下面，而没看到那张红桃10在那里气得浑身发颤。可是，这时，不知怎么搞的，他想起了一件从没想起过的事情，叫他沮丧的往事。一次不应该的走神，招来了一次不愉快的回忆，他当即这么总结了一下，因为毕竟有点吃惊。大学快毕业的那阵，他是一个彻底的白痴。回忆以这样一个结论开始，他慢慢地欲罢不能地回想起来，五年前，去长沙找工作，突然心血来潮，通知了在长沙读大学的两个高中女同学。他跟她们又不是朋友，只不过在同一间教室里度过两年，仅此而已，红桃5可以移到红桃6底下，只不过可以肯定人家还不至于记不起来他是谁。他那时只有一个目的，就是让她们看一看他，让那些骄傲的心看到他的变化后大吃一惊。其实他有什么变化呢？他变化了吗，大学让他变成熟了吗？没有。他还是跟以前一样幼稚，如果他不幼稚就不会跑去两个普通的女同学那里，丢人现眼。碰了面之后，她俩待他很好，她俩请他吃点心，在吃点心的时候，她们甚至可以根本不表现自己，连一点表现的欲望都没有。人家只不过陪着他在聊他。关于他的一切（可笑之处），她们有礼貌地倾听，仔细周到地询问。可是他呢，竟然觉得很满足，觉得自己是高于她们的。他走的时候都没察觉：人家从来不谈自己。想到这里，他的脸烫了起来。他就是一个彻底的、他妈的白痴。他觉得，我就是一个白痴。他觉得，我整个大学里就是一个名副其实的白痴。

他看起来还是很平静，平静地关掉了玩到一半的游戏。当程序提醒他"游戏关闭之前是否要保存"时，他同样表面平静地选择了"否"。在关机之前，他还按正常程序关闭了任务栏里的音乐播放器。他又把音箱的开关也关了,因为它正在发出呼呼的电流声。屏幕暗了,他置身黑暗之中。机箱不再发出嗡嗡的杂音,他突然发现夜是寂静的,听到了思想的声音。他小心翼翼地放下暖手袋,只发出一点点轻微的响声,摸着黑脱掉鞋子,脱下牛仔裤。然后裹着棉被,慢慢地卧在了床上。他安静地躺着,当快要睡着了时,才开始在被窝里脱起衣服来。

他睡到十一点半才醒来,发现自己穿着高领毛衣、卫生裤和两双袜子躺在被窝里。起了床,第一件事并不是抽烟,而是去开电脑。按下了主机上的POWER键之后,他消失在衣橱的后面。衣橱一旁隐藏着一扇小玻璃门,站在床尾这一头根本看不到。那门通向一个不到两平方米的袖珍卫生间,他进去刷牙。他的牙刷看起来不像刺猬,而像一只被台风吹过的老鼠,软塌的绒毛朝四面八方倒去,半液体状的牙膏挤上去之后,立即融化掉了,也许是被那堆糟糕的刷毛给吸收了。但是他并不介意这一切,仍然刷得很起劲。吐出的第一口泡沫是雪白的,浓稠,饱满,密布着同样大小的无数眼睛似的小水泡;第二次吐出的是粉红色的，稀稀淡淡，可以肯定大部分是唾沫和牙龈血。洗漱完，他神情恍惚地走到电脑前，在桌面上刷新了几次，不知道自己在干什么似的，点出了音乐播放器，然后把自己往沙发上一撂，舒舒服服地躺在那里。他显然已经忘掉了关于自己是个大白痴的想法。当任务栏里的时间显示为12:13的时候，他发现自己还没听到音乐。于是起身把音箱的开关打开，一个明显被切成两半的尖音的后半部分滚落，音乐——这个刚从铁笼里放出来的失忆者，旁若无人地唱了起来。一个女人的声音，唱着带点爵士乐风格的英文歌曲，歌声忠实地讲述了一个女人如何从温柔可人逐步变得歇斯底里不可理喻，你可以听出从什么时候开始，体内巨大的能量决定了她不再甘当温驯的小动物。

他把女人留在房间里咆哮，自己却锁上了门，走了出去。阳光照射着积雪。也只是照射着而已。小区的车道显得干净清爽，对面小区里人字形的琉璃瓦屋顶上，积雪全都滑到了屋檐边沿，往檐下间断地滴着融化而来的雪水，像是无聊地朝地面吐着口水。厚厚的积雪覆盖在他周边的草坪上，宛如一只奇形怪状的庞大的冬眠动物，洁白的皮毛冷得发亮，用恼人的睡眠向他报告着昨晚乃至这一个上午以来自己的融化毫无进展。他看到一根木棍，也许是一把拖把断掉的木柄，插在积雪上，他把它抽了出来，看到木棍插入得一点也不算深，甚至浅得让人吃惊。他将木棍挥将起来，击打在雪地上，手心传来的巨大的震荡使得他差点认为刚才是敲在一块石头上面；溅起的雪粒就像潮湿的火花那么少。他感到这些雪已经变质，已经不再是雪了。它们变得跟石头一样坚硬固执，玩世不恭，它们已经堕落成石头啦。不再有什么盼头。他将木棍重新插入积雪的腹部，手心感到的是抗拒，仿佛对方不情愿承认他的这一举动不那么无聊，好像它认为他这么做一点也不有趣，他至少可以不这么干，这么插它一下。他感觉自己插出来的这个洞，肯定比别人插的那个更浅。

他终于想到，他并没有什么地方好去，也许离他站着的这里十米外的那个自行车棚，是他能容忍自己去的最远的距离了。自行车棚由两排八到十根竖立的不锈钢管顶起，顶棚是绿色的弧形的PVC塑胶瓦，从底下望上去，有积雪的几块地方，显得黑乎乎的，而透过没有积雪的部分看,天空是墨绿色的。除了新旧程度、颜色、外形、价钱都各不相同的、零零落落地排列在那里的几辆自行车外,车棚的尽头还搁着一张废弃不用的木桌,上面乱七八糟地堆着一些杂物,全都落满了灰尘。一只装满废布品的箩筐,几条灰色的西裤的裤腿从箩筐里伸出来,垂在一边;半只破掉的碗;几只散落在桌面上的、装得鼓鼓的塑料袋,看上去软绵绵的;一辆散架的童车,少了个轮子,同时手把上缠满了绷带似的白绳子;一个拖着长长的电线的插线板,很像一张从上到下长着四对眼睛一只尖嘴的瘦长的脸,(让人想起林肯来)……而脱离前面讲到的这些堆放在一块的杂物,单独搁放、离他最近的是一只相比之下显得较瘪的白色塑料袋,它大概是最近被扔到这里来的,所以看上去还非常干净。塑料袋的提耳系在一块,系得很松,留出一个碗口大的口子,他把这道口子撑得更大一点,发现里面塞着几本装影碟的塑料壳,一只小纸盒,可能是药品包装盒,另外还有寥寥两张折起来的信纸,即使从背面也可以看出来,上面写满了字,也许是一封旧情书什么的。他将这袋废弃物提了起来,看看四周没有人影,便走到小区的车道上，装作刚买菜回来的样子，镇定地走回了屋子里。

他在走廊上听到自己房间里传出来的歌声，像一个女幽灵在故意模仿自己断气前那时起时伏的、吃力的诅咒，以告诉别人自己生前是如何遭人残害的。

他进了屋，坐在沙发上，开始清理起那袋东西来。首先拿出来的是那个印刷得很花哨的药品包装盒，上面写着"青春宝抗衰老片"，它的功效是：益气养阴，宁心安神，……（有几个字被撕掉了）虚所致的神疲乏力，潮热盗汗，耳鸣健忘……服用的人比较粗鲁，因为从这个六面体被撕烂的一面可以看出他并不是按正常的方式打开包装服用药品的，他将这一面从中间撕下，然后又往上一挑，使得纸面不仅被扯掉了将近一半的面积，而且剩下的一半与它相邻的一面也仅有两厘米是连在一起的。

接下来，堆在塑料袋最上面的便是那一叠DVD包装壳了，他将它们一把掏出来，放在一边，表示他对这些塑料不是很感兴趣。不过他还是瞟了瞟第一张的封面，里面的纸片上印着"帝国军妓"四个字，几个日本军官，一个戴口罩的军医，一个躺着的、衣服穿得严严实实的、梳着辫子的年轻姑娘，满脸愁云……

一本手机使用手册，制作得十分精美。那是一款摩托罗拉公司新近推出的样子儒雅、敦厚肉感的掀盖手机。这本使用手册看起来似乎被人翻阅过很多次，使得它页与页之间显得膨胀，几乎每一页都不同程度地卷了边，跟租书店里的武侠小说差不多。

一块风干的、缩紧的橘子皮，橘皮白色的那一面粘着三粒橘籽，也已经又干又硬了。

两张钓鱼牌扑克，一张是红桃7，一张是梅花Q，梅花Q皇后的胸脯上用圆珠笔反复涂抹过，看上去像是黑色的胸罩穿在外面。红桃7的两端的数字7也用同样颜色的圆珠笔加了一笔，改成了8，可能在另一副扑克牌里它曾被当作红桃8使用。

一只白色的袜子，袜子还很新，没有破洞。他把袜子翻过来，找到一毛钱，被揉成一团。

一封写给腾讯QQ公司的两页纸的信，字迹整洁，细心地折叠两次。信的内容如下：

腾讯QQ公司的领导：

你们好！

我是一个有社会责任感的热心青年，阁下没必要知道我在社会上的工作是什么，总之我是一个遵纪守法、道德高尚的有志青年。我写这封信完全没有什么恶意，相反，而是我要向贵公司提出一个有建设性的建议，希望贵公司一定要采纳。我最近利用工作的闲余，百忙中抽出时间，进行了一项调查，这项调查对贵公司来说应该是宝贵的资料。下面请允许我摆出事例，这样更好地说明了问题。

在祖国的西部，四川省一个偏僻的城镇，一个小学生，就是所谓的留守儿童，由他守寡多年的奶奶抚养。他很喜欢到网吧玩游戏，他奶奶常常打他，后来就不小心把他打死了。搞笑的是，他奶奶把他的尸体丢到了一个山洞里，她怕别人发现小孩子死了，就经常锁起门来，打骂他，故意让街坊四邻都听到，好让他们产生幻觉，以为他没死。其实他是死了。据我调查，他生前用过一个QQ号，就是466797704，密码呢，被他带进了坟墓里。

在杭州，有一对打工的男女，同居一年，怀了孕，他们经常吵架。有一次女的就威胁要去自杀，跑到楼顶喊她男朋友，说要跳楼。她男朋友说："有胆量你就跳啊。"女的跳下去后就死了。她一直用一个QQ号是29719628，密码只有她一个人知道。

去年我出差时坐在客车上，碰到一个中年人坐在我旁边，他不断地在车上抽烟，脸上的表情好像很郁闷。我问他："这位大哥有什么心思吧？"他哇的一声就哭了，他说："我从来不抽烟的啊，今天是我儿子杀了人今天就要枪毙了，我现在是坐车去看他最后一眼啊。"我安慰了他好久，跟他慢慢聊天。我从他嘴里了解到他儿子也

当他在读这封没写完的信的时候，他其实是处在那样的一天，虽然他还不知道——那是怎样的一天呢？也许他再也不会经历这一天了，我是说，一模一样的时光。

如果明天能来临的话，他明天要经历的事情是：

出去走走。戴上他的羊皮手套（女友给他买的），她没有买帽子给他。他走出小区，延长他的目光的是残留着斑驳的积雪的长长的围墙和两堵围墙夹着的湿沥沥的马路。他沿着马路走去，走在高出路面的人行道上。他在小区里看到过的树和细细的竹子，现在又看到了，它们的枝叶浮出围墙顶端，垂下头来，和隔墙站着的矮壮的街道树轻轻地触着。长长的坚固的围墙将三四个小区连在一块，直到十字路口，它才断开来，向左拐去，和垂直而来的另一面墙交汇在一起。他并没有左拐——如果明天真的来临的话，在明天来临之后——他将直走，穿过还亮着红灯的路口，沿着同一个方向。一辆几个大轮胎上方安坐着半米厚的大铁砧的奇怪的施工车停在公交站旁边，害得靠站的公交车不得不猛打方向绕过去才能停下来。铁砧漆着橘黄色的油漆，一条橘黄色的铁臂高高地斜升出去，巨大的气压把它慢慢地推向上空，铁臂的顶端用钢条焊成一个结实的、像龇开的两排牙齿一样的摇篮，两个割枝条的工人坐在里面，戴着冰冷的安全帽，将手里的长柄弯刀向那些朝马路上逸出的黑色树枝努力够去。他们的工作服是蓝色的，他们的几个蓝色同伴不够冷静地站在铁臂底下指挥他们。公交车在大怪物的屁股后面按喇叭，那些蓝色的人儿就陆续回过头来瞪着公交车的挡风玻璃。直到公交车在他们挑衅的眼神底下巧妙而惊险地绕一个弯，开到他们前面去，并叭的一声停在公交车站，吐出两个突然觉得寒冷的人。不过，这种寒冷并没有使这两个人变得胆怯，他们反而立即坚定起来，正如我们无数次观察到的，当一个人走下车时，他总是一个自以为焕然一新的人，毫不犹豫地（随便）朝定一个方向走去，他们一般不会在下车的地点徘徊，花上几秒钟去临时想出一个决定来。

　　他又回到屋子里，是在几个钟头后。他将一些不打算再用的家什送给了楼下的女孩子。那个女孩正打算搬家。"我们找到新的住处了。"她说，"我们"是指她和她妈妈。"那个房东有好些家具，我们用不了那么多。"真遗憾。现在她房间里乱成一团糟，他进去时，她正坐在杂乱的中心对着一台电脑上网。什么东西都被翻了过来：掀开的被子拖到了地上，茶杯倒在桌上，一阵风就可以把它吹得滚来滚去。但是他还是送给了她一些东西：水桶，脸盆（这东西永远不会嫌多），没用完的洗发水（女孩说："如果还有半瓶的话，我就带走，如果……"幸好还有大半瓶)，电吹风("雪中送炭啊，而且又不占地方！")，热水瓶，用来铺在床前的小地毯……"这把旧沙发，是我在小店里花十块钱买的，不是房东的。"他提醒她。但是她不要，她得到的东西已经很多很多啦，从新的房东那里，从他这里。"真是谢谢你啦，"她一边做深呼吸一边说，"我们素不相识，你真是个好人。"他又把旧沙发搬回了自己的房间……

可是现在，他睡了一觉，醒来时天已经黑了。他想知道时间，从床上爬过来，把上身的重量压在沙发上，用一只手去摸鼠标。显示器亮了，他看到了时间。键盘上摊开放着那封没写完的信，字迹突然让人觉得好熟悉。他点了根烟。

深夜，没有音乐，他从电脑桌前站起来，抖掉身上的棉被，拉开了三扇窗的窗帘。从他二楼的窗口望出去，可以看到围墙外的马路，和马路对面另一片小区的围墙。一杆高高的路灯立在对面小区围墙的拐角处，柔和、流动着的橙粒般的灯光，把墙角照射得格外突出。好像那个钝钝的墙角在不断地缓缓地移动前进，以一种谁也无法察觉的狡猾的脚步。有两个人在路灯下交谈，做着各种手势，仿佛在竭力阻止那堵围墙向他们靠近。但是他们又和那围墙保持着如此微妙的关系，使他们无法脱离它。他们在谈一桩很重要的事情，或许非常麻烦。他靠在窗口望了他们很久，他们一直在谈着，像做一种游戏：两个人轮流说话给对方听。他盯着他们的嘴巴，他们从来没有同时开口，两张嘴巴总有一张是闭着的。他惊讶地意识到那是一男一女，很容易从体形上辨认出来，但是他觉得他刚才没注意到是因为他注视着的是他俩的……反正不是外形……他俩的内在何其相似！这样的两个人好像正因为太适合交谈了（因为有太多的相像）才在一个寒冷的深夜里来到空无一人的马路上来说话，而不是为了解决什么问题。他们同时也在轮流扮演着不同的性别：当那男的暂时扮演女人时，那女的也就变成了男人。他既没有看到那体形是女人的一方表现出这个时候女人应有的愤懑、软弱、阴险、盲目和沮丧，也没看到那体形是男人的一方显得孤独、自大、焦灼、邪恶和得意。他们像是把所有男人和女人的气质和缺陷糅成一团美味摆在面前，此时正在大嚼大咬，并指指划划妄加评论。他们站在路灯下的墙角处，重新平静下来，谈一件事情。

他间间断断地望了他们两个小时。这两个小时里，他们一直都在那里，他们的表现一如往初。他有时故意很久不去看他们，觉得是给他们一个机会，放他们走。可是他再次转脸望去时，他感到既失望又稳妥。在他没看他们的时候，他们只是调整了一下两人之间的距离，有时是靠近了，有时又离得远远的，像是刚刚才认识那样。

他突然决定明天就走。他一直以为必须得再等一个月才能离开，但是现在，他不这么认为了。抱着离开的想法作着观望的停留，还不如马上出发。他打算把带不走的东西送给楼下那个刚搬来的女孩。

2008年，广州、成都

肯德基早餐

我去之前往钱包里装了一个避孕套。如果不想到这一点,很可能连自己都会觉得自己是愚蠢的。

到了F的出租屋楼下,打电话给F,他却不在家,让我在那里等他。只要两分钟,F说,我打的过来。我趁机打了个电话给她,告诉她,我到她这附近来了,F请我吃饭,所以一会儿就不回去了。"好啊。"她说。"一会儿去你那里睡。"我说。"好啊。"她说。

吃饭的那个地方,写着"日本人不准入内",里面设计得挺怪异,但是我没法从内心里接受,更无法产生亲近感。想到有些人热衷于产生各种点子,类似这样的,我有点难受。那里坐满了人。F上二楼去找了个位子,我在外面篱笆下也找到一个——那桌人刚付完钱离开。我赶紧打给F，还没开口，F就让我上楼去。那里像一个简单的迷宫，所以在问过一次路之后，我就找到了通往楼上的梯子。所有的元素刻意呈现出破旧，比如阶梯表面是由小块不规整的瓷砖或石块拼成，梯子的扶手是粗糙的木材，桌子是大树的裂了口子的横截面，中间打着补丁。我们喝了点酒。

九点多钟，我们离开了那里。

我去坐公交，F走回屋去了。到她屋子时，还不到十点。我们拥抱，她说："你这么早？""早吗？"我说，"我怕来晚了，你要睡了。你在画画吗？"她在一个本子上画，一边摆着两盒彩色蜡笔。"这些颜色太浅了，"她把红色的那支塞回笔盒里，"我再也不用它们了。"我们又拥抱了一会儿。"去洗澡。"她说。我脱衣服，刚脱了一半，她笑着说："你要不要下去买牙刷？"并一直笑出声来。"我还要下去买牙刷吗？"不知为什么，我笑得比她更厉害。"去嘛。"我们又抱在一起，她剧烈地颤抖，整个胸腔都在笑。我也笑得眼泪都出来了。真的不知道为什么。"我……哈哈……不想下去……哈哈哈。""哈哈哈，不行，你今晚还想不想做了？哈哈。"好了，不能再笑了,我想。"我用你的牙刷?"我克制着不笑。"不行。"她笑着说。"我漱漱口,再吃口香糖。""不行。"她说。"啊……我居然还要下去买牙刷,我先洗澡吧。"

洗澡时,我那么平静。我往嘴里喷了点水,用力漱了漱。刚才吃了羊肉和芹菜,还有酒。

等我洗完出来时,她这下真的不画了。用张纸巾将画到一半的那页盖起来,然后合上本子。我已经在嚼口香糖。

"我不下去了好不好?"我说,同时朝她脸上呼了一口气,她眯了眯眼。"不是这个啊。那个东西也没有了啊。"她这样说道。

我说:"那你刚才在电话里个说?""我不好意思说嘛。"她说。

如果不事先想到这一点,不用等到现在,我就会觉得自己是愚蠢的。我把钱包亮给她看……

开始她以为会睡不着(她必须早点睡),但是不到十一点她还是入睡了。她本来希望我睡不着,所以告诉我:"你可以去玩。"我说不用了,上网也不知道干什么。我也以为我会睡不着,但没一会儿,在她入睡后,我开始有了困意。就在我注意到自己的睡意并已经无力为此欢喜时,她突然长长地"啊"了一声,好像要醒过来,我怕真的把她唤醒,所以也没问她怎么啦。"你把我吵醒了。"她推我。我说:"我怎么把你吵醒啦?""你打呼噜把我吵醒了。"我说:"我都没睡着,怎么会打呼噜?""你打了,很响的呼噜。"她好像再也不能睡了。我正想要起来上网,好让她一个人不受干扰地睡。但是,她绕在我身上睡着了,睡了几分钟,她醒过来亲了我。我穿上衣服,终究还是下楼去买了一盒避孕套。

之后,我便一直坐在电脑前玩到三点钟,那时她睡得正香。

清早,她摇我勃着的阴茎,让我陪她起床。我挣扎了一会儿,还是起来了。还不到七点。"去吃肯德基早餐!我请你吃。"她说。"好的。你去刷牙,我吃口香糖。"

从肯德基出来,她去坐地铁,我去坐公交车。她说:"我也是突然想到的。如果有一天你发达了,给我买套房子好吗?""好。"我说。而半个小时后,我才开始意识到她所说的每一个字:一个卑微得只有通过巨大的形式表达出来的要求，我感到被安慰了，被她所承受的一切，被一个她毫不犹豫地踩了一脚的形象——她自己的形象。产生这个想法时，离我回到自己的出租屋还有三十个站，我可以放心地在车上睡一觉。

2011年，深圳

喜欢独自看风景的女孩

"好美好美！"

——题记

一个女孩决定去看日出。

她明明知道那是傍晚，只有日落，没有日出。但是有个声音在她耳边说，有日出，要她去看。于是她就出发了。她背着一架长长的梯子，没有跟任何人告别就踏上了她的旅途。她知道要去哪里，只有那里才能看到日出。

刚出发时她还不觉得，可一走在路上就累了。她背不动啦，她想，谁知道这梯子这么重。而且不管是什么东西，她简直可以肯定，背在身上总是会越来越重。这是绝对的。所以梯子还会变重，直到她真的背不动它。她心里说出这句话，其实是想表示，她现在还是背得动的，几乎是背得动的。但是她实在太累了，她想，要是有个人来帮她背梯子就好了。

于是她开始后悔自己没跟任何人告别就出来了。不然的话，她告别的那些人，当然是最亲最亲的人，和最好最好的朋友，就会选一个代表出来，陪她一起去看日出。就算他们都不赞成她去，有谁会赞成呢，她想，但只要她坚持去的话，他们也是不会阻拦的。他们会把她应不应该去的问题，先搁到一边，只考虑让谁陪她去的问题。不管谁陪她去，都是为了保护她。那是当然的。因为他们都不相信那个声音。也不指望陪她去能看到日出。但会帮她背梯子。这是肯定的。

可她心里想的是，她不希望有谁陪她去。虽然她有很多很多朋友，而且一点儿也不讨厌他们，但是每当她想去看一个什么东西，她只喜欢一个人去看。不管是悬崖上的石头。还是尼日利亚的悬崖。或者床底下的集市。她都是独自一人去看，这样她才可以一声不响地看。不然的话，你想想，不是她就是她的同伴，肯定有人要说些什么。这简直是肯定的。这就是她不愿跟他们告别的原因。

想到这里，她发现自己居然把正在后悔的事情给忘了，梯子的问题还是没有解决。当她想到梯子两个字，背上的梯子突然重了很多。仿佛将她刚才忘记它的那段时间里失去的重量，又都补了回来。她放下梯子，这不堪承受的负重，一屁股坐在它上面，决定继续后悔。

现在的问题是，她禁止别人陪她去看日出，就像她禁止别人陪她去看床底下的集市。这绝对是禁止的。不过，她可没说不让别人去送她呀。这完全是两码事。他们都是她最好最好的朋友，如果他们知道她要跑那么远的地方去看日出的话，你想想，肯定有人会去送她的。这当然是毫无疑问的。而且会送出很远很远，远到如果再远一点的话，那人就没有勇气回家了，而她就不得不再送他回来。她既不想送他回来，也不忍心他一个人，走那么远回来。所以，她决不允许他送她那么远，就是说比远还要远一点那么远。那绝对是不可以的。不过比那么远再近一点点，稍微，如果那人执意要送的话，她是可以接受的。当然，他得帮她背梯子。这是当然的。

所以她决定反悔。她应该举行一次告别，重新出发一次。

所以她决定返回。她辛辛苦苦跋涉了这么远,她想,这么多努力,这么多汗水。好吧,其实不算远,她只好更正了这一点,因为她还没有走出她家院子的大门。但确实是很辛苦,这是肯定的。这也充分说明这该死的梯子,有多么沉了。

这时她家门前的屋顶上,升起了一个人头。等他露出半个身子时,她认出他就是住在她家前面的那个男孩。他登上自家的屋顶,孑然地站着吃瓜子,很不严肃地望着远方,朝太阳落下的方向。她知道他在看日落。她在这个邻家男孩的身上,曾经倾注过太多的同情。因为跟他一样大的男孩都已经当爸爸了,可他却还不想结婚。他说,假如娶不到又漂亮,又俊俏,又好看的姑娘,他宁愿不结婚。这是他的名言。能有自己的名言的人,她想,已经不多了。

周围的人都不喜欢他,说他好吃懒做。可是据她观察,这个人之所以总是长不胖,就是因为干了他所能够干的活。如果一个人的能力明明能干那么多活,可是他却不干那么多,而是干比那么多再少一点点,稍微,那么他肯定会发胖的。这简直是肯定的。虽然他干的那些活,跟别人比起来,少得可怜,但是他已经尽力了。所以说他懒做，这是极不公平的。至于说好吃，她也没见他吃过什么，除了，大多数时候他总是在嗑瓜子。她觉得那不能算好吃，更像是一种游戏，自己跟自己玩的游戏。她把他想象得这么完美，其实是希望他能帮她背梯子。那几乎是不言而喻的。她于是就喊了他的名字。

她所在的这个村子，地形是斜下去的。所以，前面这家的屋顶，刚好和她家的地基齐平，中间只隔着那个男孩能跳过来的间距。那个男孩就跳了过来，站在她面前。她看到他手里捧着一大捧瓜子，两个口袋里也装得鼓鼓的。但是他只顾着自己吃，一点也没想到应该请她吃一点点，稍微，不，吃很多，越多越好。虽然她不可以随便接受别人的施予。那绝对是不可以的。他不请她吃瓜子这件事，更加确定了她之前的猜想。他嗑瓜子，只是自己跟自己玩的一个游戏。就像她总是独自一人去看什么东西一样，也是不可能邀请别人的。那几乎是不可能的。

可是这男孩骂她疯了。他刚刚就在屋顶上看日落，他说，这个时候是不可能有什么日出的。那几乎是不可能的，他也这么说。于是女孩就疯了。就是说，被他给气疯了。她用力地打他，叫他背起梯子。而且她还哭了。他最怕女孩子打他，其次怕她们哭。他就将手里的瓜子小心地装回口袋里，帮她扛起了梯子。

再次出发了。

他们走进一片沙漠。她在沙地上留下一串圆乎乎的脚印，而他则只留下一串银光闪闪的瓜子壳。这两串东西一直延伸得很长很长，望不到尽头。就像她后来看见的那条河一样长。这时他说，沙漠里是有很多食人族的，请她自己多加小心。

叫她自己小心，她想，难道他就不用小心吗？这女孩，我忘了说了，是非常冰雪聪明的。所以她已经猜到了：他想回去了。

他是不是这就回去了，她问。是的，他该回去了，他说。他只能送到这里了，他说，再远的话，他就没有勇气独自返回了。那她就得送他回去，她想。那绝对是不可以的。那就到这里吧，他请止步吧，她说，他送得已经足够远啦。

她背着梯子只身在沙漠里赶路。很快就碰到一个当地人，那人身上只穿着几片树叶，两手空空的，站在一个既不是他家种的地，也不属于他家筑的院子的地方，就是说，只是在一片空荡荡的沙漠中间站着。

除非他是像她一样在一声不响地看某个东西，她想，否则他站在这个一无是处的荒漠里，简直是无法想象的。一个人应该要么在地里干活，要么在家里休息，要么在看某个东西或者在去看某个东西的路上。不然的话，就是好吃懒做的表现。不，那简直就是，既不好吃又不肯做的表现。因为一个不肯干活的人，当然也就挣不到多少吃的。那当然是当然的。

她误会他了，那个当地人向她解释。他站在这里，其实是想问她要几本小说回去。这就是他们每天所干的活。所以他不但不是一个既不好吃又不肯做的人，反而是一个很勤劳的人。因为在这个时候，牛羊都下山了，他部落里的人也都回帐篷里休息去了。只有他还在这里等着她来。她没有带什么小说来，她说。她的小说都是放在家里她自己的房间里供她一个人看的，是不可能借给别人看，甚至也不可能跟别人一起看的。那几乎是绝对不可能的，她背着梯子说。如果她没带小说的话，他说，她路上吃什么？走开，她说，就知道吃。她扭了一下身，肩上的长梯子划出一道弧线，打在他头上。那个可怜的人倒下去，趴在沙子上流出一点点血来，稍微。他抓起一把沙子，撒在自己头上，发出悲恸的哭声。他家里有一堆孩子，他说，都已经快断粮了，如果他只能空着手回去的话，你想想，他们就要饿死啦。

这个悲惨的情况，毫无疑问，立即引起了女孩的重视。这当然是毫无疑问的。她突然想到，在这个连草都长不出来的地方，怎么种得出粮食？种粮食！那个哭泣的土著擦干眼泪惊叫起来，在沙漠里？那几乎是绝对不可能的，他也这么说。

那他们吃什么，她问。

吃人啰，当地人说，难道她不是吗？

如果她吃人的话，她说，还不早就把他吃了。

哇，真恶心，当地人发出一阵干呕声。看来她对食人族存在太深的误解，他说，根本就不像她想象的那样。

我说过，女孩是冰雪聪明的。所以她已经猜到了：原来食人族吃的都是小说里面的人。

若不是赶着去看日出的话，她说，她就会帮他写一本小说。虽然她从来没写过，但她相信写起来并不会太难。那简直就是轻而易举的。不过如果他愿意在这里等她的话，她看完日出回来，照样可以帮他写一本。她会把她这次历险的经历写进去，她说，她会特意多写一些人物进去的，她会把她自己和她最好的朋友全都写进小说里去，给他和他那一堆孩子吃。

他会等她的，他说。这当然是毫无疑问的，他也这么说。

走到一个地方的时候，大地已经裂开了。她从身上放下梯子，搭在这条宽宽的裂缝上面，就开始往对面爬去。她刚伏下身去，只朝下面望了一眼，心脏就嘭嗤嘭嗤地跳了起来。原来底下是一条汹涌的大河，又宽又长，望不到尽头。就像她和同伴在沙漠里留下的足迹和瓜子壳一样长。河面上布满了密密麻麻的漩涡，不管河水怎样怒吼着向前急奔，那些漩涡就是纹丝不动，仿佛在静静地等着她掉下来，好用它们那些光滑的漏斗状的小嘴吞掉她。太可怕啦，她想。她浑身颤抖得厉害，她按在梯子上的手抖得已经快按不住梯子了，突然她觉得梯子不见了，因为她跪着的膝盖已经失去了它的支撑。她被带走了。一股来自大地的心脏的力，不由分说地掠去了她。

她闭着眼睛让自己这么掉下去好了,她想。

她听到河水的吼叫越来越近。那个声音又出现了,在她耳边喊她,叫她去看日出。她用了好大的力气才能睁开眼,因为在高速的坠落中,强大的气流一直压住她的眼皮,甚至把她的眼泪都挤回到她的鼻腔里去了。当她睁开眼睛时,她已经没有往下掉啦。她看见自己手里抓着一棵柔弱的小草,身子紧紧地贴在垂直的崖壁上。她死死地抓住草,不放,因为她不想让自己再掉下去了。那简直是肯定的。但是那棵小草的根被她拽了出来,她又开始慢慢地往下滑去,吓得她再次闭紧了双眼。

幸好这条草根和这条河一样,仿佛是没有尽头的,所以她才没有像刚才那样猛的坠落下去。没有尽头的草根就这样从大地的深处被不断地抽出来,一直把这个可怜的女孩缓慢地送向深渊底下的惊涛骇浪里任它们抛掷,撕裂,送向漩涡的嘴里去任它们吸吮。这时她看到了一张笑脸,就是那道声音用沉默的声音组成的笑脸,所以她闭着眼睛也能看到。当她睁开眼时,它又不见了。只看到一棵长得高高大大,分着很多的杈,却没有一片叶子的树。多么讨厌,长得多么难看的树啊，她想。可是当她看到头顶上那条正在从泥洞里没完没了地钻出来、被她攥在手里的草根，她又想，长得多么像蛇，多么恶心的根啊。

在她滑落的过程中，那棵树也在陪着她不断地弯下腰来，像一个笑面人一样狞笑着盯住她看。

它为什么不滚开些，她说，为什么要在这里出现？如果她能腾出手来的话，肯定早就打它了。那当然是毫无疑问的。既然她先后打过嗑瓜子的男孩和吃小说人物的沙漠人，要打它这棵丑八怪树，那简直是轻而易举的。她误会它了，树说。它的丑绝对不是幸灾乐祸的心理反映在表情上的狞狞。那简直是绝对的，它也这么说。而是因为它太痛苦了，是因为它看到她这么不幸，所以它整棵树都痛苦得扭曲了。那几乎是不可能的，她说，不要试图把自己长相上的灾难归咎于她偶然的不幸。长相是天生的，天生是必然的。而她的偶然性是不可能改变它的必然性的，她说。那几乎简直是绝对不可能的。她说得对，它说，它羞愧地承认自己刚才夸大了事情的真相。它从一棵小树苗起就长得非常难看了，这真的是真的；但它也为她的不幸感到痛苦，这也真的是真的。但是它将这两件真事扯到一起，那就变成假的了，她说。她是一个冰雪聪明的女孩，它说，什么事情都不可能瞒过她的眼睛。那几乎简直是绝对不可能的，它也这么说。当然，她说，这肯定是当然的。现在让她和它来就事论事，它说，不管它长得多么难看，也改变不了它的出现仅仅是为了帮她一把的事实。它可以长出一条树枝来，它说，请问她愿不愿意赏脸让它来帮她？

可是我很讨厌你，她说。

这几乎是可以理解的，它说，难道你不想看日出了吗？

她差点就忘了这茬了，她说，请问它还愣着干什么？它于是抱起了她，从胳肢窝里又长出来一条长长的、还是那么丑的枝桠，将她送回了地面。

她看到梯子还在那里，松了一口气。河水已经流干了。她从梯子上面走过去，来到了对面。一幢高高的屋子矗立在平原上。

她将梯子斜着搭在屋子的墙上，于是就来到了屋顶。看到了傍晚的日出。好美好美。屋顶上还站着一个人，背对着她。她笑了一声，说，好美。那人就转过身来，说，因为它是日落时的日出，你是唯一能看到它的人，要好好珍惜。她说，那当然。她会永远记住它的。那个叫她来看日出的人，她说，为什么没来？你已经看到他了，他说。

后来她一个人坐在屋顶上看日出。

后来她一个人坐在屋顶上看日出又直到日落。

2013年，广州

画条龙，画条龙！

太阳刚落下去的那几分钟，是日子的精髓，是经过一天的酿制才滴出的几滴仙露，浓缩着一个童话般纯净的梦境。光线仿佛是来自宇宙更深处的光，显得格外地珍视这个由它单独辉映的世界。所见一切都清澈透亮，又没有什么是耀眼的，光的运行无形无踪，以渗透的方式进行，所有事物都在悄然蒸发，由外而内层层地剥离，这时候见不到任何影子，极少数拒绝光线抵达的阴暗角落是唯一不完整、被肢解的画面。肉眼可见（深蓝色）却不具备形状的大型事物，或者说一种能观察到的巨大抽象，光滑、匀称地高悬在每个人的头顶上方：啊，天空！它的表面没有一丝裂痕，只有三撇白色的条状云，大约两米长、三十公分宽，两两间隔也是三十公分，像翅膀上的羽毛、肋骨、三道阶梯，成为人类上空最具体的存在，无从捉摸的是它们距离地面到底有多远，一百米？四万公里？不知道。一愣神儿的工夫，天就黑了，夜色蹲下来饮尽了这几滴仙露。

屋子里弥漫着一股尿骚味。他父亲在里屋睡下后，半躺在床上的詹建华也将自己放平，沉进被窝里。他关了灯。现在他才留意到安静，一直重复的安静，伴随着某种打破安静的、单调而重复的声音，那声音遥远、不确定，更像是听见它的人自己想象出来的，大概是因为这声音给了他虚无缥缈的思想一个缓慢的节拍——这时他静静地躺着，像是要把自己脑子里的思想全部放出去，好迅速地进入睡眠。于是，在一种不受控制的状态下，他脑子里冒出一个对他来说过于复杂的想法，他没办法用语言表达出来。这个想法大致是这样的——请允许我来帮他表达——"丰富是致命的，让人绝望的，"他想，或者说他根本没意识到自己正在这样想——"如果只有一种工具可以用，我们都能用好它，如果只有一条路可以走，我们就不会迷失方向。"在尝试了几次用自己能操控的语言抓住这个想法却均告失败后,他开始陷入了间歇性遗忘和意识的空白,他就像是闯入自我世界里的一个陌生人,连自己躺了六七年的这个狭窄空间里的大体布局都一时回想不起来了。我的头冲着哪里?我的脚冲着哪里?客厅在哪一边?他被搞蒙了;从来不会在夜里失明的某种意识在夜里失明了。恰好有一只蚊子穿过开着的睡房门从客厅飞进来,才让他迅速从方向感的混乱中摆脱,它那尖细的嗡鸣声越来越近,仿佛一片混沌中突然闪烁起一组坐标,原本熟悉的事物霎时在他起着雾的脑海里归了位——哦,原来睡房的门是正对着床沿的,从这门出去(也就是说他的右侧)才是客厅;而他刚才还一直以为客厅位于床头的方向呢,难道他忘了他的床头是抵着墙壁的吗?但他现在想起来了,床头和左边的床沿都是紧挨着墙的,床尾留出一条逼仄的过道,通向里屋的那扇没有门叶的门,那里头躺着他的父亲……他流连在找回方向的兴奋中,竟一时忽略了蚊子的出现带给他的警示:热天,他最怕的热天要来了。

蚊子直奔他露在外面的脑袋飞去,落在他的耳朵上，好像知道这是耳朵，就是接收它难听的歌声的那个器官。他用力扇了自己一巴掌，一声"咣！"从脑窝深处顺着耳管炸出来，蚊子掉进耳廓里，却没有死，而是在耳洞口惊慌地扑腾了一阵，发出女人呼救般的尖叫，突然，像是一个鲤鱼打挺——麻利地飞走了。这蚊子折磨了他大半夜，害他打了自己几记耳光，终于忍无可忍，摸索到床头的开关，摁亮了灯泡，一眼就看见它朝着床尾飞去，一直穿过另一扇门口飞进他父亲的睡房去了。"他不会醒来吧？"詹建华双手撑着床板，半坐起身，看见灯光射进里屋去，而他父亲的床刚好被墙壁挡住了，只看见床前露出的半只拖鞋。

他一扭头又看到紧挨着床沿的这面墙上，像是雪地里的一个污点，趴着另一只蚊子。"明天叫他把蚊帐挂起来。"他闪过这一念，同时从枕头底下抽出本对折起来的旧杂志，朝墙上拍去。没有击中它，像是事先走漏了消息似的，它老早就逃走了，在他头顶上盘旋，并卯足了劲地嗡嗡狂啸，仿佛要对他的头皮进行轰炸。当他猛的昂起头，将脸对准它——它正好在空中打了一个趔趄，差点就垂直坠下，猛然醒悟后，忙化作一缕青烟直线飘起，朝着屋顶仓皇飞逃，激动地在高空中乱舞，好不容易才安静下来，一动不动地趴在墙角处鼓出来的横梁上。

唉！他又不能像别人那样站在床上踮起脚尖，将手或手里的杂志伸到横梁上将那只蚊子拍死。当他无计可施时，他便什么也不做，像眼下这样，顺手翻看起那本被他翻烂了的杂志来。不过他什么也不做，却正好使得那只蚊子为难起来，它显然在等着他关灯睡觉，好借着夜色的掩护对他进行空袭。这是一幅很怪异的画面，似乎双方都陷入了对峙的僵局，然而詹建华却借助阅读摆脱了这一局面；但另一方面，他之所以在大半夜里进行他并不喜爱的阅读，正是因为他受到了命运不公正的对待——然而这一切又都被他迅速地遗忘，或是他根本没怎么意识到的，他已经完全忘了那只蚊子和因为蚊子而唤醒的苦恼：他行动上的不便。这样一来，对那只以为他也在痛苦地僵持着的蚊子、对它那焦灼的等待而言，又很不公平了……

詹建华很小的时候，母亲便去世了。是父亲一人（他是一名矿工）将他和他姐姐抚养大。大学辍学后他去学了修车，没修几年被突然爆炸的汽车轮胎释放出来的气压冲上了半空，在飞到最高处时有片刻停顿，紧接着就是加速坠落（这速度完全不由他控制），叭的一声砸在地上，从此以后下身瘫痪了。在他出事前的一年，他姐姐嫁了人，所以这些年来主要是他父亲一个人在照料他，姐姐只是时不时回来看他一下，偶尔给父亲塞点她打零工赚来的钱。父亲将他接到了矿区，父子俩住在一套不足三十平米的简陋平房里，虽然好歹隔出来两间睡房和一间客厅，但这三个房间是一个比一个局促，而且那间被家具占去大半面积的客厅还要担负起厨房的功能，这样的居住环境对于一个坐着轮椅、心灰意冷的年轻人和他劳累成疾、心情沉痛的父亲来说，除了能遮风挡雨之外，便只剩下增长他们的脾气了。然而，他父亲却不能冲他发脾气——自从有一段时间，詹建华曾流露出过轻生的念头之后，他都不敢对他稍加刺激。他们刚好住在这排矿工宿舍的最左端，所以他父亲终于想到将客厅的左墙打通一扇门，又在这门外用砖头和石棉瓦砌起一间简易但十分宽敞的厨房来，再多隔出两小间来做厕所和冲凉房，并将家里的杂物、碍事的家什和厨具都搬到了这里，才使得他们那三间起居室一下子改观了许多，至少可以腾出足够的空间来让他的轮椅能在里面顺顺当当地拐弯掉头。他父亲患有多年的哮喘（所以他老是劝詹建华不要抽烟，但是他也知道，不抽烟他又能"干啥"呢？），有一阵子咳得很厉害，然而他总是说自己死不了，他这样说反而让詹建华觉得：他病情是不是很严重了？他白天下矿井去工作，干的是体力活，又是脏活、危险活——想到"危险"，詹建华奇怪地发现自己对这个词毫无感觉——傍晚下班回到家，又开始挑起另一副重担：伺候他，给他洗澡洗衣，做饭做菜，打扫房间，清理他床底下的便盆……这一切都算不了什么，只不过多了份操劳而已，而那个必须靠面部肌肉来完成的强迫性的高难度动作——强颜欢笑——却给老人留下了后遗症，一丝忧郁的灿烂的笑容仿佛刻在了他的脸颊，恐怕有一天詹建华死了，他也只能这样笑笑了。（詹建华脑海里顿时晃过一个老年人的形象，干净整洁，精神抖擞……不过这是他想象出来的自己老了之后的形象。）……遇到放假，或者矿里没什么事，他父亲便骑上摩托车，到街上（这里人把县城叫"街上"，矿区离县城大概还有十公里）去载客，挣点碎钱，也算是散散心，所以当他看到街上有涂着口红的护士妹妹（至少她们都穿着护士服）在派发"免费杂志"时，何不随手接一本带回家来呢？

薄薄的DM杂志（关于男女情感、两性话题以及中老年男人的不举与难以持久，当然还有幽默笑话和填字游戏）被他父亲带回来的时候，已经卷成一条棍子了。他父亲的摩托车因为经常载客，所以有必要加装一把那种看上去很像风筝的红蓝相间的摩托车专用伞具，那天没下雨，伞具在出门前就卸了下来，他父亲便将那本（他停在树荫下等客的时候已经翻阅过一遍了的）卷起来的杂志的一头插在了原本用来插伞具的孔洞里——那是焊接在车头中间、仪表盘下方的一截比拇指略粗的L形钢管，并且一直插在里面。过了好些天，詹建华的姐姐来看他们，晚饭后他父亲骑摩托车送她回去，起了夜风以为要下雨，刚跨上摩托车的父亲又返身从家里扛出伞具来准备插在车头时，才将那本卷得都已经僵硬了的杂志从钢管里拨出来，丢在门口的破椅子上。詹建华在父亲回来之前，就快速地将它翻看完了，然后又扔到不知哪里去了。过了半年，才无意中在沙发坐垫的缝隙里头发现了它（居然被压得平整如初），于是又看了一遍。从那以后，他便将它放在轮椅上，也有时是床上，随时都可以将它翻开来读上几页，尽管它的内容他已经记得烂熟了。

为什么不让他父亲再买一些书回来呢？是这样的，因为他其实并不喜欢看书。他只是喜欢看这一本，他已经熟悉它了嘛，里面讲的事情也没有什么能出乎他意料的了（丰富是致命的，如果只有一本书可以看……），而且看起来不费劲，当他看着看着又想起什么事情的时候（他看这本书就特别容易想起什么事情），他的目光仍然可以一路浏览下去，手指头也机械性地配合着翻页，直到他跳出自己的思绪，这时目光便马上将它正在扫视的那行文字认出来，并毫无困难地跟脑子里库存的某个画面或场景联系上了。他不知不觉地将杂志一直翻到了最后一页，不能再翻了，才停住，目光浮在四个笔画像蠕动的毛毛虫似的美术字上："开心一刻"，却并没认出来；与此同时，那只蚊子正悬挂在他头顶上方，已经半宿没有动弹过——去年他姐姐给他买了一台新手机，他开始尝到了用手机上网、找陌生人聊天的乐趣，这种乐趣跟他一遍遍地重温那本描写得很失真的杂志的乐趣是一样的，在这两者里面，不容忽视的真实性的权威被大大削弱。上网甚至更能吸引他，因为他很快就发现了优势：他可以任意地描述自己和这个世界，反正谁也不能拿他怎么样。他遭遇到的最严重的阻力仅仅是：怀疑与争辩，而且大多来自男人。或许男人更加理智，又或许他们都像他一样，具有侵略性，他不久就想明白了这一点，将他们全部拉入了黑名单，集中精力将目标瞄准了女性，一时之间，很多女的也纷纷将他拉入了黑名单。不过他满不在乎。最终固定的聊天对象就只剩下两三个被他哄得团团转的十八九岁的女孩子。他记得是三个。因为她们都并不像是骗他似的表示了想要跟他发生性关系，这他是不会记错的。他每天都会找她们几个聊，显得比她们还要热情，但一提到见面，他就找各种借口搪塞过去。他当然也很想跟她们上床，尽管他连勃起都很困难，就算是能摸一下她们也好啊，然而他不能让她们真的见到他（那个过于原始的詹建华），他知道自己的实际处境在她们看来就像一个有点恶心的笑话。所以他得想办法让"不能相见"变成一件令他惬意的事情，所以事情发展到这里，就开始变得跟杂志里那些胡编乱造的故事对不上号了，他的故事只能在无穷的谎言之间打转，与那个人家竭力想模仿的现实世界失去最后一丝联系，后来他的手机在医院里被人偷走，他的思绪也就此打住：

如此妙计

有一天，一个驼背、一个盲人和一个瘸子碰到一起，他们打算从热闹的集市上经过，可又不想让人看出他们的残疾来，于是哥仨商量出一条妙计来。经过集市的时候，他们三人排好队，瞎子走在最前面，用棍子在地上探路，嘴里说："画条龙，画条龙！"驼背跟在瞎子身后，眼睛贴着地面说："我看看，我看看！"最后面走过来的是瘸子，拖着那条瘸腿，一瘸一拐地说："擦掉它，擦掉它！"

他发出咯咯的笑声，胸腔不自觉地抖动，引起了一阵尿意。他朝外面侧过身子，一只手在床沿下顺利地摸到了胶管和它端头的皮囊，拽进被子里，熟练地对准胯下，就像婴儿找到了奶嘴似的——膀胱整个儿安顿下来，某种急切和挤迫立刻得到了舒缓。床底下传来滴水的声音。他将胶管抖干净，又挂回床沿，那里有个固定它的小钩子。他整理好裤子。当他的手碰到大腿时，手是有感觉的，腿却没有，就像他触摸别人时，总是不确定人家是什么感觉。他只是触到一堆皱着的松软的东西，但那种感觉又跟触碰其他类似的物体不一样，没有那么笃定，因为他知道这是自己的腿，而这种皱、松、软的感觉仅仅是他的手指在说，对此他的腿却保持不置可否的沉默。手指传来的感觉另外还会在他脑子里引出譬如说"枯萎"这样的描述，而这个词就太主观啦，他几乎完全不了解他的腿，又怎么能断定它是枯萎的呢？这么说，他其实相信他的腿是有它自己的感觉的，只是不可能将这种感觉告诉他。

他每个月会勃起两次，非常规律，但是对这种现象他毫无兴趣理会。很快它自己就会乏味地软下去。相反当他真正性欲旺盛时，它又没有反应了，像是身体内部在交流上出了问题。他觉得大脑或心脏，那里才是他的性器官，涌起千奇百怪，无数温柔而残暴的幻想与欲望。正如在那三个女网友身上，他其实已经得到过……"建华？"……很多次满足了……他父亲在他看不见的地方叫他。詹建华吓了一跳，这才意识到父亲在里面睡觉，准是灯光照得他睡不安稳。也可能只是在说梦话，所以他迟疑着没有应声，但是他忘啦，他刚才曾发出过一阵笑声，早就把他父亲吵醒了。他父亲又叫了他一声，他这才应的。

"还不睡觉做什么？"

"不做什么。"

"身体不舒服吗？"

"没有。就睡了。"他正准备关灯，父亲房里的灯亮了，然后他看到一只脚从他视野的边缘落下来，钻进拖鞋里。他父亲摇摇晃晃地走出来，像喝醉了似的半眯着眼睛。"几点啦。"他说，很明显不是真的问他，所以又非常自然地接上一句"别看（书）了"，然后就朝客厅走去。詹建华放下手里的书，没有吭声，不过他已经想起来了：蚊子。当父亲小便完回来，经过他屋子时，他已经直挺挺地躺在被窝里了。他说了句："明天挂蚊帐吧。"他父亲就停下来："有蚊子啦？"灵活地将脖子扭来扭去，折上折下。詹建华望着屋顶，就是说，保持他最自然的姿势："已经飞走了。"

两间房的灯都熄灭、他父亲在床上的喘息也平静之后，詹建华就开始激动起来。他让故事在脑子里上演了，他刚才不是已经瞥见过自己老了之后的形象吗？干净整洁，精神抖擞，但他忘了一点，就是很容易也很善于生气。这跟发脾气不一样（老人最好要识趣，不该撒娇胡闹，要沉着冷静、老出水平来），他是：很安静，但是很生气，也可以说脸色凝重、不怒自威。他老了之后并不是一个瘫痪的人，也不是一个曾经瘫痪过的人，老年的他身体硬朗，矫健的步伐，喜欢在阳光明亮的上午出门。他穿戴得非常整齐得体，脸上固执地挂着他认为有必要表现出来的复杂表情。他小心而自信地穿过车流织梭的大街，（他特别遵守那些交通规则，）他要去哪里呢……他来到了一个拥挤的公交车站！——詹建华似乎还有点犹豫地这样构思着——那里站着好多的美女，一个个穿得、打扮得令他格外感动。其中有一个小女孩，大概六七岁吧，也妆扮得很时髦，是一个小美女，她的妈妈牵着她的手，她妈妈也是一个美女，虽然身上的气息令人厌倦，却能唤起人们对她生活内容的遐想（一种过于健康的生活)。而詹建华面对着这小美女时,那可是一个多么和蔼的老人!他感到一股温情很快就要将心脏挤爆。他顶着满头竖立的银丝,干净得像是一溜溜冰锥,这时他便弯下腰去,情不自禁地摸了摸小女孩那烫卷的黑发(又或者是她滑嫩的小脸蛋?):"啧啧,这个小天使啊!""我漂亮吗?"像条件反射般在他脑子里迅速响起的这句话当然不可能是她那么小的姑娘会说出来的(她只会忸怩地嘟起粉嫩的嘴唇来),而是她妈妈替她说的——她妈妈故意尖着嗓子模仿那个年龄的小女孩所特有的那种奶声奶气的声音。"漂亮啊!穿得这么漂亮去哪里呢?"他继续摸着她,好像和她妈妈瞬间达成了一种难得的默契。她妈妈又用那种奶声奶气的童音回答:"去舅舅家吃饭。"同时晃了晃手臂,"说呀!"小女孩被晃得扭来扭去,低着头不说话。"这孩子真可爱。"老人直起身来,对那位年轻漂亮的妈妈说——她则客气地冲他笑了笑。公交车来了,女士又拽住小女孩的手站在车门旁:"乖,叫爷爷先上,说啊。"不过当他站在投币箱旁摸索零钱的时候,被堵在后面的小女孩就开始用拳头连续地捅他的屁股。"宝贝,不准这样没礼貌！"他听到她妈妈突然凶残地说。

等到一位中学生站起来将座位让给他时，他才发现心情已经变得非常阴郁了。因为他本来是想向人家道谢来着，却又觉得自己此刻的心情不适合说话，于是阴沉着脸坐了下去，目光冷漠地望向窗外。他在长途车站下了车（长途车站？），登上一辆驶往另一座城市的大巴。一路上的颠簸使他昏昏欲睡，车窗外的景色在他松弛的眼皮底下飞速闪过，仿佛许多巨大的胶卷在阳光下冲洗着。汽车猛然拐弯时，他微闭着的双眼并没有睁开来，只是那双叠放在膝盖上的手掌上，有两个指头缓缓地动了一下。

詹建华想，这是要去哪里？但是当大巴车绕上一段螺旋状的匝道，稳稳地停在异乡的客运站的停车场里，当他晕眩地从车厢走出来踏上这块陌生的土地，被同样陌生的阳光晒得全身燥热的时候，他突然拿定了主意。那些逝去的时光向他迎面涌来——可以这么说吗？老人站在那里（那名和他一块下车的乘客弯着腰在他身边呕出一摊黄色），一下子就清晰地回想起了他的童年（也是詹建华的童年），他刚上小学那一年，每天夜里关灯躺下后，脑子里激荡着色彩浓烈的画面：在一鼎水汽缭绕的烧红的大铁锅里，装满了滚烫的水，班上的女生们一丝不挂地排好队从一个大房间里走出来，依次从他面前走过，来到那锅沸水旁，在他的眼神的命令下，一个接一个地跳进锅里，像一团团洁白的蜡似的渐渐融化了，越缩越小，最后只剩下仍在兴奋地尖叫的嘴……回忆毫无由来，他这次来的目的和回忆中的画面没有丝毫关系，至少詹建华决定让老年的自己去会见的那个女人，并不是当年那些女同学当中的任何一个。这个女人是独特的，是不存在的存在，所以是他此刻唯一能接受的女人，他小心翼翼地用他力所能及的想象塑造她。他自己也还不确定她到底是怎样的。

老年詹建华从车站出来，沿着一条街道步行了二十分钟，选择了一间服务员全都站在门口打盹的茶馆，走了进去，在一个远离门口的角落里坐下来，接着用手机打了一个电话给她。听得出来，她很吃惊，他觉得她应该吃惊。她叫他上她家里去，他却生气地说："让你过来，你就过来。"是生气地说，不是大声地说。她不敢说什么了。

他趁机理清了一下思路，准备好要讲的话。

她来了（因为他没有耐心让自己在想象中等待很久），悄无声息地就站在了他面前。沉默与空白。怎么描述她的样子呢……原来她也变老了！他想，她还认得我，但如果不是她站到我跟前，我恐怕是很难从人群中辨认出她来的。她显然不知道该说什么好，毕竟自从上次偶遇之后，他们又有……十年吧，詹建华决定……又有十年没见过了。她终于想到无论如何应该先坐下来，毕竟这是一间老是站着的话会显得跟环境极不协调的茶馆，最后才把许多的话归纳成一句："你怎么来了？"而詹建华也终于想到：她的头发应该还没白，她可悲地化了一点妆，虽然这是他最不愿意见到的。她在家里抹过口红之后，又用纸巾将它擦掉，以显得她的嘴唇原本就是红润的。而他则满不在乎地让自己的唇色黯淡，说上太多的话嘴角就会堆起两团唾沫，需要时不时地用舌尖舔掉，所以他尽量少说，特别是开场白应该直截了当，不能寒暄。

"我刚从医院出来。医生没瞒着我，他说我还能活两个月。"

老人舔了舔嘴角。这个多余的、考虑欠周的动作，让詹建华突然觉得好笑，不过让他觉得好笑的也可能是他刚才的对白。那个女人怔住了。就像电视里演的那样。难以置信！但又觉得是在情理之中，每个人都会有这一天，况且他们不都老了嘛。她应该做出怎样的表示呢？詹建华心里很清楚，她接下来说这话时内心无疑是诚恳的，但他还是让她用一种生怕自己不够诚恳的语气说道："我很难过。"

他说："真的很难过吗？"

这就是她无法忍受的，他的嘴总是那么损，多么阴森的老头啊，他这话（他妈的）是什么意思？女人扭过脸去，仿佛这样就可以避免和他争吵。就像以前那样。以前，那是什么时候？反正就是以前，那时她就这样扭过脸去不理他，也不将她生气的理由说出来，不过那时的她是不会善罢甘休的，冷战总要持续几天。现在和以前不一样了，他现在又不是她的什么人，这是其一。其二，他快要死了。又想了想：其三，现在和以前不一样还在于现在可以回想起以前。她回想了一下，并似乎沉浸在往事当中，情绪变得平和了许多，她笑着说（目光还是避开他的脸）："怎么不难过，你说。如果是你，你说你不难过吗？……毕竟咱们……"她顿住了。

像是出于礼貌，他等了一会儿。见她没再说下去，他才又开了口："我来，只是想把一件事情，在临死之前告诉你。别的一概不说了。"

"你又要走吗？"

"说完我就走。"

"晚上在我家吃饭吧！真的，"她差点上去攥住他的手，"明天，不，多玩一些天才回去呀——"

他不用说话，她就已经知道这是不可能的。他似乎为他们的对话中出现了这样一个环节而感到厌恶，并对她产生了鄙夷。詹建华脑子里突然闪过这样的念头：她是个罪人，得用对待罪人的态度对待她。

"当初，"他开始用法官的口吻说话，"因为一些事情，你毅然地离开了我——是毅然吧？你还记得那场面吗？你记得我怎样坐在那墙角，对你发了一个誓言吗？你已经是毅然要走了，我嘴里还反反复复地说，你走吧，反正我这辈子除了你不会再爱上别的女人。那句话对你产生了什么影响？恐怕是让你走得更放心吧。"老人挺直地、一动不动地坐在她对面，将这番话说得异常冷酷，语速平缓，节奏匀称，说完还从容地舔了舔嘴角。

女人果然有罪,詹建华想,这从她的反应就可以看出来。他最后那句话,还是有点力量的,像根针刺了她一下,但是心怀愧疚她怎敢还击?她只能用无辜的表情、没有头绪的话语为自己作无力的辩解。不是因为她离开了他,不,而是因为他不求回报的爱,她受之有愧。她这样为自己辩解:

"走得更放心?你这样说,是什么意思呢?你应该清楚,离开,不是因为对你的感情变了。我那时还是……就算到现在我也……你说你一辈子不会再爱……是的,我承认,我只是一个普普通通的女人,对这样一句话,我不可能无动于衷的,我曾经也觉得自己很荣幸,但是你怎么能那样……"

"你很荣幸?"他抓住一个破绽,突然打断了她。

她的脸色变化很明显,好似闯了祸一样。唉呀,怎么能说那样的蠢话?她显然被他蒙骗了,以为他是可以信任的。他不是已经拿话刺过她两次了吗,怎么还那么傻,不晓得防他一手?她脑子里有点混乱,情急之下她抓住了一个字:"不。"

她试着否定:"不。我老糊涂了,不会说话了。这个词是不好的,不恰当,你以为我当真只顾着自己的感受吗？"

詹建华轻轻地将她的问题推到一边：

"你不感到荣幸吗？"

她坐立不安，额头冒出汗来。像所有有罪的女人一样，她求助于谎言，只有圆滑的谎言能挽回一点尊严，"而且，"詹建华想，"女人终于明智地放下坦诚之后，就会具有一种深沉的魔力。"她大言不惭地说："感受，那又是另外一回事。我当时只希望你会忘掉我，找一个比我更好的女人。一时冲动说出的话，又怎么能当真，何况我都要走了，你爱我还是爱谁，这跟我以后的生活有什么关系吗？所以我就当你只是那样说说而已。"

"那样说说而已。"詹建华重复着她这句话，他在思考着怎样下手。女人刚才的那番话多么残忍，但是却更能让他着迷，他意识到这个女人在一瞬间变得坚强起来，或者说毫不留情地亮出了她的坚强——几十年来，她就是依靠着这一品质熬过来的，对抗着他那句不同寻常的"魔咒"提前为她的生活布下的温柔陷阱。"那样说说而已。"顿了顿之后，他又这样沉吟了一声，接着说，"对，很多男人都会说这种话——

能做到吗?"

他又停顿了一下,眼神飘忽地望着她的脸,叹了一口气,像是自言自语:"是啊,有谁能做到呢?"

詹建华从枕头边摸出一包硬壳的香烟来,里面还剩半包的样子,打火机也一块装在烟盒里。他躺着,将烟子吐向屋顶,在黑暗中努力地想象着那个女人的反应。他的手伸出床沿,将烟灰弹在地上。

"是啊,"老人自言自语,"我后来不是很快就结婚了吗?"

"别说这些了,我带你出去走走——这座城市,你以前应该没来过吧?"那女人说。

"我记得我结婚时,还亲自去请你喝喜酒,你没来。你能把我那天对你说的话说一遍吗?"

"别闹了!"她嗔他。

好啊,她又暴露了自己!她还记得那些话。詹建华岂能轻易放过她?他再三让她说出来,语气有点霸道,女人的情绪越发激动了。说这些有什么意思,她嘴唇抖动着说,侧抬着脸极力忍住泪水。不过詹建华没记错的话,她总是很容易就想哭,又很快就没事了。

"看在我快要死了的分上。"老人说。

她只流了一滴眼泪。为了不让他看见那颗泪水怎样从眼角滑落,在错综的浅纹里洇开来糊在脸上,她低下头去,显得更像一个不可饶恕的罪人。

老人突然有点担心她过早地爆发,所以他的语气稍稍柔和了一些,他告诉她,这些事情都跟他想要在临死前告诉她的那件事有关。实际上,老人的这种解释是多余的,因为她流泪其实就表示她已经投降了,只是还需要让自己的情绪缓和下来,并寻求一种能挽留住尊严的态度说出那句话来满足他残忍的要求。她突然抬起头,奇怪地笑着,使她的脸看上去像是肿了一样;她尽量使自己的语气与表达的内容拉开些距离:"你说,你只是随便找一个人结婚。"

老人抿了一口茶,"你记性不错。"他点了点头说,"我当时是那样说的,我抢在你前面结婚正是为了兑现我说过的话,为了不爱上别的女人,包括我的妻子。"

"她现在还好吗?——她没有跟你……?"

"她死了。"他说。

"真遗憾!是什么时候……"

"前年。"他说,"你说遗憾,不是因为她的死吧?也许你认为她死了反而好了,你觉得她嫁给我真是太可悲了。我猜得对不对?"

"不。"她立即反对,"你怎么会这样想?"

他不回答她,这使得她更加不自然了。反对无效。

"我们别说这些了好吗?"她恳求他。

"你还觉得我当初那么说,只是一时冲动吗?你相信……"老人说到这里,"虎躯"一震,因为他没料到这次轮到她来打断他的话了。

"我相信,我真的相信!求你了……"她端了一下茶杯,又把它放下,然后又为自己忘记了喝茶而难堪,于是又重新端起来,喝了一大口。

"你相信。你为什么相信呢?你真的认为没有女人值得我去爱吗?"

她被偷袭了,赶紧狼狈地吞下口中的茶:"不不,不。我当时不就说吗,会有人比我更适合你的。"

"你那是安慰我,只不过随口那么一说。难道你内心深处不希望真有一个人一辈子就只爱你吗?即使你跟了别的男人——"

"啊?我从来没那样想过!"她惊得站了起来,

像是被蛇咬了一口。但她马上又坐了下去，不再看着他，也不再说话，一副受了伤害的样子。她一下子显得衰老了许多。

詹建华探出身来，将烟头往床底下扔去，听到呲的一声——准确地扔进了便盆里，他才又躺回去。他无比失落地看到了胜利的曙光。他说了一声对不起。

"对不起。"他说，"我不该提起这些事，也不该作这样的猜测。我来的目的，不是要知道什么答案，而是要向你坦白。"

她尽力使自己缓过神来，装作好奇地望着他。这副认真的表情让他突然深受感动和刺激，他紧接着说："我要告诉你的是，我没有做到。我背叛了自己的誓言，这很可耻。"他故意停了停，等待她的反应。

"是吗？"她极不自然地应道，像在回避一个早已知道的结局。

"嗯。我爱我的妻子，我娶她也是因为我爱她。"他又停了停，见她没有要插嘴的意思，才继续说，"你走了没多久，我就爱上了她。我们结了婚，一直很恩爱，几十年来，甚至都没有像我跟你以前那样吵过一次架。一次都没有。现在我就要死了，我必须告诉你这些，对你来说这有什么呢——我们早就是陌生人了——但一想起和你面对面说过的话我却没做到，而且后来还欺骗了你，我良心上就过意不去，所以我必须向你坦白这一切，现在，你可以鄙视我了。"

他说完了。她仿佛一时没有反应过来，静场了好一阵，她才改变了脸上那僵滞的表情，非常客气地说："啊——好嘛！这样最好不过啦。不，你说哪儿的话，我干吗要鄙视你？我为你高兴，还有你妻子，高兴，真的。这样才好嘛……"他一直微笑着，这还是他头一次微笑。她望着他，心里忐忑不安。她看到他突然站起来，凑到她脸前，轻声而又刺耳地说："你不感到很失望吗？"

她的脸立刻变得苍白，跟死人的脸一样。她强忍住即将汹涌的泪水，她想像他那样露出微笑，她也努力地笑了，但拿不准是不是笑成功了。她又用手去碰茶杯，但似乎这东西令她十分厌恶，手马上又缩了回来。"我不失望。"她哆嗦着说。

他伸了伸懒腰，非常舒坦地扭头看了看门外，阳光打在路面，而从街上飘进来的那些嘈杂的声音好像变了形似的，悄悄地扭曲着，使得某种清晰的距离变得模糊。他望着门外，说："你肯定很失望。"

"我不！"她尖叫起来，看上去已经完全丧失了理智。她摇摇晃晃地站起身，慌忙走了出去。在踏出门口时，差点跌了一跤，赶紧小跑几步，仿佛有人用力推了她一把似的。他望着她离去的背影，嘴角的笑容像一朵在火焰上烤着的花，突然迅速地枯萎，变成一堆难看的败絮。

他揉了揉眼睛。

詹建华的父亲有一个他自己都没意识到的毛病，就是起床起得太急，前一秒钟还在打呼噜，下一秒就已经从床上弹起，双脚熟练地塞进拖鞋里，摇摇晃晃地走出房门了。至于这个不好的习惯对他的健康有没有什么危害，我觉得，多少还是有的吧。这两年，他明显衰老了。他那么急于离开床铺，并不能表明他的身体在睡眠上的自足，事实上，他的睡眠质量很差，他诚实的身体根本无法容忍这糟糕的睡眠，所以一旦醒来，就连多躺一秒都不情愿。他的睡眠时间也很少：现在天刚麻麻亮，还不到六点，他戴上安全帽，背上饭盒，扛着钢钎和铁镐下到两千多米深的矿井里，那至少是三个小时之后的事情了。这三个小时——就像他的大半辈子一样——将被他慢条斯理地花费掉，直至花光最后一分钟，沉入黑暗潮湿的地底。

他花掉前面的七分钟，用于刷牙、洗脸。接着，他来到詹建华床前，蹲下身去捧出便盆，端到厕所里，将尿液和几只泡发了的烟头倒入蹲坑，然后打开水龙头，将便盆刷洗干净。这又花掉他五分钟。他穿过客厅，将洗净的便盆重又放回儿子的床底。他搬来一条凳子，踩上去，从衣橱的顶端将胡乱缠成一团并散发出霉味的蚊帐扯出来，扔在一个塑料澡盆里，然后端到冲凉房去，倒了点洗衣粉，接了大半盆水，泡着。他打开电饭煲盖，取出内胆，走向米缸，三分钟之后，他淘好了米，开始煮饭。现在，他走到客厅里，目光躲躲闪闪地在一些事物上游移，脸上带着一丝忧郁的微笑。他的脚碰到了木沙发的边沿，于是干脆一屁股坐下来，不动声色地喘息；而在隔壁的厨房那边，开始工作的电饭煲的操作界面上那块窄窄的电子屏在经历了最初的迷惘和紊乱之后，终于笃定地亮出了一个红色的数字（像是经过复杂的计算，得出一个简单的答案），开始倒计时；由于这一幕悄然发生在他的视线范围外，老人仿佛得以短暂地超然于时间之上，一动不动地坐在那里，继续平静地喘息。但是时间已经突然奔涌而去。在一段预算好的时间里，不出意外的话，在"叮"的一声之后，生米将被煮成熟饭。经历了一笔时间的糊涂账之后，他决定赶早去街上买点新鲜的蔬菜和瘦肉，并顺便带回来几个豆沙包当早餐。他将靠墙摆放的摩托车推出门外，摩托车伞具的钢柄上这几天悄悄滋长了很多锈迹（由于上一次骑行时的淋雨，以及没有及时卸下），这就是为什么他费了老大的劲也没能将它从插孔里拨出来。他冲着他的摩托车骂了一句非常难听的话。但他看上去还是很冷静，他（堪称精准地）用拇指和食指捏着鼻尖用力擤了擤（发出噗的一声），像折一枝花似的，拧出一泡鼻涕，蹶起脚后跟，仔细地擦在鞋跟上。两分钟后，他终于找来一根粗实的木棍，在伞柄上轻轻地敲打了几下，感觉到了明显的松动，遂将木棍往墙脚一丢，双手抱住伞柄往上拨。拨出来了。立马被他扛进屋里。然后，锁好门，骑上摩托往街上去了。

就在刚才他用木棍击打伞柄的时候，突兀的钝响已经触动了詹建华的耳膜，耳膜立即向大脑中枢发射了一组信号：砰、砰、砰、砰……正在休息的大脑顿时紧张起来，它要求潜意识立马做出解释，对这些可疑的声音做一次风险评估。潜意识不敢怠慢，在这道命令刚刚送达的同时，就已经出色地完成了它的任务，向大脑中枢提交了一份详细的报告：一个自圆其说、无懈可击的梦。

詹建华梦见自己走进一条像鸡蛋清一样阴凉清澈的街道，而那堆像蛋黄一样金灿灿的阳光只是凝固在这条街的前方街口处。街道的两旁全是高大扭曲、枝繁叶茂的树，以及密密麻麻、高耸入云的建筑。人行道上，那些人都将双手插在裤兜里，低着头匆匆忙忙地赶路。詹建华被挟裹在暗涌的人潮中，往前边动着双腿。当人们穿过十字路口，从建筑的阴影里走进太阳光底下时，都会不自觉地抬头望一眼天空，脸上露出轻浮的笑容；有一个高挑的女孩，竟然立在街口停留了几秒，嘴唇微微张开，将湿润的下唇完全暴露在日光中，闪光。他一下子被这个女孩给迷住了……

当他将目光从女孩脸上挪开时，突然发现，街上所有行人（阴影中的抑或阳光下的）全都整齐划一地停住了脚步，站在原地扭过头去，朝着同一个方向张望。他们的表情苍白、空洞，像是有人掏空了他们的脸。有歌声从那个方向传来。歌声从音箱里缓缓地、有力地迸发出来，是略显苍凉的男低音。音箱的效果非常好，没有丝毫杂音，它同时传递出男歌手淳厚低沉的嗓音和（当他停顿时）骇人的寂静。那是一首节奏很慢的歌，歌手把每个字的尾音都拖得很长。那歌声越来越近。詹建华是人群中唯一没有停下脚步的人，他很快就与他们迎面遇上了：是三个沿街卖唱的流浪艺人，分工明确，配合巧妙，组成了一支特殊的乐队。

走在最前面的是一个赤身裸体、骨瘦如柴的中年男人，负责拖音箱。那音箱起码有一台单开门的冰箱那么大，通体漆黑，暗无光泽，使得它看上去更加沉重，好在音箱底部安了四个小脚轮，拖行的时候，它们在沥青路面上欢快地扭来扭去，滚滚向前。一根绷直的大铁链子像脐带一样连接着他的腰和音箱两侧。他没有双臂，只能靠摆动肩部和髋部，来协助双腿向前迈进。

接下来是一名坐在轮椅上、满头白发的老人，他面无表情地跟在缓缓挪动的音箱后面，似乎都没有意识到自己在向前移动。他的工作是负责给乐队主唱拿话筒。

而最后出场的，自然就是那位出色的盲人歌手，这支乐队当之无愧的主唱，他用他那独特的、低沉中透露出忧伤的嗓音来负责献唱，同时又用双手担任另一项重要的工作，那就是帮前面的队友推轮椅，这样一来，他自然腾不出手来拿话筒了。不过，好在他身材比较矮小，只要他将背部稍微向前倾一倾（对于推轮椅的工作而言，这个姿势反倒比较省力），他的头就刚好与坐在轮椅上的队友的肩膀一样高了，后者只需将手抱在胸前，即可毫不费劲地将话筒递至他嘴边。

詹建华很想知道别人是怎样看待这支乐队的（至于他自己，他觉得这是一种罕见的智慧，是一个奇迹），结果发现每个人脸上都挂着一种狰狞的笑，目光齐刷刷地望向他。在一阵突如其来的恐惧中，他的心突然被照亮了，原来他已经走到了街口，暴露在金灿灿的阳光下。他被一束光告知必须马上离开这里。

他立即决定不再继续前行，而是左转，沿着那条垂直而来的、铺满阳光的街道走去。他听到身后的人群中突然爆发出一阵意味着遗憾的唏嘘，那男歌手的音色也瞬时变得黯淡了许多。他越走越快，最后干脆变成了跑。这条街的两旁布满了各色各样的商店、橱窗和灯光，现在全部流动起来了，他仿佛被卷入一条流光溢彩的江河。一个奇怪地暗着的玻璃橱窗从他眼前一闪而过，但还是被他敏锐的目光捕捉到了：那里似乎有个什么东西在动。他停下来，退回去几步，站在了那个橱窗跟前。它属于一间被勒令停业整顿的商店，商店大门紧闭，因为没有开灯而显得暮气沉沉。太阳光打在橱窗的玻璃上，反射进他的眼睛里，使他看不清楚橱窗里面的东西：仿佛若有光，又好像什么都没有。他朝橱窗走近两步，并往一侧挪了挪，稍微调整了一下角度，这次，他终于看清了：那里面闪烁着一条龙，正在危险地遨游。这条龙是用点着的香火做成的，那些灼人的红点之间虽没有连线，但星星点点连缀起来就是一条鲜活的龙的形象。它带有令他不寒而栗的危险性。突然，那些红点瞬间打乱了秩序，重新排列组合后呈现出一个坐在轮椅上的老人的形象，那就是他自己——老年的詹建华。

他一下子全都明白了，那个在风烛残年凄惨地坐在轮椅上沿街卖唱的老人，就是他人生的另一种结局。而他违背了那种结局，就如同违背了上天的意志，这正是一直埋在他心底的沉重的负罪感的来源。

仿佛这一刻的洞见使得他变成了一个泄漏天机的罪人，于是，一阵狂怒向他席卷而来。骚动的人群纷纷从街口涌向他，他们挥舞着拳头，嘴里愤愤不平地喊着什么。在一片嘈杂声中，男歌手的低音仍然顽强地穿透出来，且越来越近。呵，他们哥仨也来凑热闹吗？詹建华苦笑了一下。他现在已经身陷于重重的包围之中。

"就是他！就是他！"那些人张牙舞爪地指着詹建华大喊，震得他耳膜都快裂开了。

詹建华心里腾起一把怒火，也冲着他们吼了回去："你们必须给我说清楚！我犯了什么错！"

人群突然安静下来。不断有人压着嗓门说"让一让"，于是站在前面的几排纷纷往两边靠，让出一条口子，有什么东西从那个口子里挤了出来。詹建华最先看到的是那只大黑音箱，然后才看到在前面吃力地拖着音箱的断臂男人，接着又看到了那个推着轮椅的盲人歌手,而轮椅上是空的,那白发老人已经不知去向。

盲人歌手自己将话筒举到嘴边,音箱里炸出一句震耳欲聋的——"你擅离职守!"把詹建华给吓了一跳。群情激愤的人们也跟着振臂高嚷:"擅离职守!擅离职守!"接着,音箱里又传出一声低沉而严厉的"请归位",盲人歌手说完便将话筒递向前方,示意詹建华上前接话筒。詹建华想,难道我的晚年就只能坐在轮椅上,充当一根可悲的人肉话筒架吗?啊,流浪不是我想要的人生。但是容不得他多想,他的耳边已经响起了人们恶狠狠的吼声,催逼着他:

"归位!归位!归位!归位!"

泪水模糊了他的眼,使得他看到的每个人的脸都显得那么扭曲、丑陋。他含着眼泪,试图用一番真诚而理性的话来让他们恢复理智:"朋友们,但我不是他!我还很年轻,没有那样的白发,而且我双腿健全,能跑能跳,你们怎么能塞给我一张轮椅,说这就是我一生的归宿呢?"

"那就打残他!"

——从音响效果极好的音箱里传出一声阴沉的话

音,像一块大石头沉入深深的水底。紧接着,是骇人的寂静。

人们扑了上来。激战持续了很久。那些表面凶残的人,似乎都不堪一击,詹建华抓住一个男人的头,狠狠地撞在橱窗上,玻璃碎了一地。那人当场就死了。詹建华捡起一块锋利的玻璃,在重重包围中杀出一条血路来,削落一地的断肢。当然,他自己也在混战中受了一点伤:一条腿筋被砍断了,一颗钉子好像留在了他的腹内,还有一名女子在被他刺穿心脏之前,一把搂住他,在他脖子上留下两排很深的牙印……

哪怕在战斗最吃紧的时刻,他仍称得上"越战越勇",可是当他无意间发现同一个人已经被他杀死三遍之后,他的勇气一下子就泄了。恐惧趁机攫住了他。"糟了。"他心里一声嘀咕,认识到某种严重的后果正在朝他逼近。这时,盲人歌手已经站在他身后,抡起话筒在他的后脑勺上重重地敲打了几下。

潜意识的这份冗长的报告到此结束。在最底下的风险评估一栏中,赫然填写着——"危险系数:最高级别"。大脑中枢在读完这份报告之后,立即启动了紧急预案，将正在休眠的身躯直接从沉睡中唤醒，这时，詹建华父亲手中的木棍才刚刚挥出去，敲在伞柄上：砰、砰、砰、砰……

詹建华醒了。时间才过去了一秒。接下来，他听到摩托车发动的声音、轮胎碾过路面的声音，以及清早的鸟叫。离他父亲上工还有两个小时二十六分钟。老人将用这些时间来载三四个客人，换一些钱，买来食物，然后是：伺候他起床、洗漱、吃早餐。他还会提前将午餐的菜炒熟，先把儿子的分量盛出来，放在微波炉里，而剩下的则装进饭盒里，带到井下去吃。

在这段时间里，詹建华也许还会睡一觉。也许会一直醒着，躺在床上等父亲回来。

2013年，广州（初稿）
2020年，长沙（修改）